JN019933

城崎にて、殺人

新装版

西村京太郎

Kyotaro Nishimura

C★NOVELS

目次

城崎にて、殺人

第一章　第二の殺人

1

今の岡田利夫の楽しみは、旅行と、カメラだった。

岡田は、警視庁を定年退職したあと、東京新宿に本社のある警備会社ＳＯＳに、就職した。現在は、この会社の品川支社の責任者になっている。

岡田には、子供が二人いるが、長男も、長女も、すでに、結婚してしまっている。妻の保子と、これからは、二人だけで、ゆっくりと、残りの人生を楽しもうと、いい合っていたのだが、その妻が、心臓発作で倒れ、あっという間に、あの世へ行ってしまった。

たぶん、自分の方が先に死んで、保子に、葬式をあげてもらうことになるだろうと思っていたのに、それが、逆になってしまった。

よく、連れ合いより、先に死んだ方が、幸せだというが、岡田は、その言葉を、噛みしめることになった。

たったひとりになってしまった、何ともいえない孤独感の底で、岡田は、喘いで、過ごした。二人の子供は、心配して、一緒に住むようにいったが、それに甘えられる岡田の性格でもなかった。

酒を呑んだことのなかった彼が、アルコールを口にした。が、体質的に受けつけなかったのだろう。ただ、吐くばかりだった。

その岡田が、何とか立ち直れたのは、前から、趣味にしていた旅行とカメラである。

旅行が、彼の気持を、解放してくれた。特に、保子が亡くなったあと、最初に行った四国では、遍路をして、歩いて廻ったのが、彼を立ち直らせる結果になったといってもいい。

その時、彼と同じように苦しんでいる人たちに出会った。一人息子を交通事故で失った夫婦、夫を脳溢血で失った妻、どう生きるかわからなくなった青年、そんな人たちである。

彼等と話しながら、遍路道を歩いている中に、岡田が気付いたのは、苦しみ、悩んでいるのは、自分だけではないということ、生きていくには、それに耐えなければならないという平凡な事実だった。

それから、休みがとれると、岡田は、カメラを片手に、日本全国を旅行することにした。もともと、旅行が好きだったのだが、四国遍路の旅の後では、旅行する気持が、違ってきた。

昔は、妻と二人だけの旅を楽しむか、一人のときは、孤(ひと)りの旅を楽しんだものだが、なるべく、旅先で、人と知り合うことに努めるようになった。還暦を過ぎた岡田は、あと、せいぜい、十年ぐらいしか生きられないだろう。それを思い、なるべく多くの人と知り合いたいと、思うようになったのである。

四月上旬、土、日を合せて、五日間の休みが取れたので、岡田は、山陰へ行くことに決めた。

山陰は、初めての旅である。

地図と、観光案内を調べて、およその計画を立てた。若い時は、反対に、行き当りばったりの旅を楽しんだものだが、もう若くはないし、時代も変ってしまった。

例えば、彼の二十代の頃は、旅館に泊れなければ、いくらでも、走っていた。旅館に泊れなければ、鈍行列車が、いくらでも、走っていた。

例えば、彼の二十代の頃は、旅館に泊れなければ、鈍行列車が、いくらでも、走っていた。鈍行に乗り、列車の中で寝て、次の朝、次の場所に移ることが出来た。固い座席で眠ることも平気だったが、今は、それだけの体力もなくなっているし、長い距離の鈍行は、ほとんど、走っていない。

だから、計画を立て、旅館、ホテルの予約もとっておかなければならなくなった。

四月八日。

城崎（きのさき）の旅館に予約しておき、岡田は、東京駅から、新幹線「ひかり」に乗った。

京都で、特急「きのさき5号」に乗りかえる。この列車は、一三時二五分京都発である。

岡田は、京都駅で、駅弁を買い、きのさき5号に乗るとすぐ、それを広げ、遅い昼食になった。京都風の二重になった懐石弁当である。

ウィークデイなのと、学校が始まったこともあってか、車内は、空（す）いていた。駅弁を食べ終って、空になった箱と、ウーロン茶の空カンを捨てに、席を立った岡田は、自分が、誰かに、見つめられているのを感じた。

ドアの近くに座っている若者が、じっと、岡田を見ているのだ。

気のせいかと思ったが、岡田がデッキのゴミ箱に捨てて、戻ってくると、また、同じ若者が、見つめていて、急に立ち上がると、

「SOSの人じゃありませんか？」

と、声をかけてきた。

「そうです」

岡田は、肯いた。が、その若者に、記憶がない。

「やっぱりね」

青年は、安心したように、微笑した。

「私は、あなたを知らないが――」

「そうでしょうね。僕は、新宿の宝石店で働いているんです。新宿東口のジュエリー広瀬という店です。一月に、フェスティバルをやったとき、SOSから、警備の人を呼んだ。その時、あなたも、来ていたでしょう。さっきから、どこかで見た人だと思いながら、思い出せなくて、悩んでいたんです。そういうことになると、気になって、仕方がない性分なもので」

「ええ。確かに、一月末に、東新宿の宝石店に、警備に行きました」

大きな宝石店だった。男女合せて、十二、三人の店員がいる店で、ジュエリー・フェスティバルと銘うって、三日間にわたって、高価な宝石を展示した。その警備のために、SOSから三名が派遣された。岡田も、その中の一人だった。

岡田は、展示された宝石と、客の方にばかり、眼を光らせていたので、店員の顔は、店長しか覚えていなかった。

(こんな知り合い方もあるのか)

と、岡田は、思い、

「どこまで行くの？」

と、きいた。

「城崎です」

「僕も、城崎へ行くんだ」

「自己紹介させて下さい」

と、青年は、名刺を、岡田に差し出した。

〈「ジュエリー広瀬」販売部　北野　敬〉

と、あった。

岡田も、相手に、名刺を渡した。そのあと、北野がリュックを持って、岡田の隣りの座席に移ってきた。

北野は、話好きで、宝石販売にまつわる裏話などを、面白おかしく喋った。

〈一期一会〉

という言葉を、岡田は、思い出した。四国で、遍路旅をしている時は、絶えず、一期一会という感じで、さまざまな人と会ったが、この北野という青年も、また、その一つと考えていいのではないか。

一期一会といっても、大げさなことではなく、この年齢になると、一つ一つの出会いを、大切にしたいと、岡田は、思うようにしているのである。

城崎で泊る旅館は、違っていた。

「僕は、大学時代に一度、城崎へ行っているんです」

と、北野は、いった。

「私は、初めてだ」

「旅は、初めての方が楽しいですよ。二度、三度となると、それだけ感動が、どうしても、うすれてしまいますからね」

「だが、それでも、また、城崎に行くのは、何か楽しい思い出があるんじゃないの？　大学時代の彼女が、城崎に住んでるとか」

岡田が、いうと、北野は、笑って、

「実は、アルバイトなんです」

「しかし、あんな大きな宝石店に勤めているじゃないか」

「高い宝石を扱ってますが、給料は、安いですよ。だから、旅行を利用して、アルバイトをするんです」

「どんなアルバイト？」

「それは、ちょっと――」

と、北野は、いったので、岡田は、それ以上、突っ込んでは、きかなかった。

一五時五四分。列車が、城崎に着いた。

岡田が、温泉へ行くバスを探していると、北野が、

「歩きましょう。すぐですよ」

と、いった。

駅から、温泉地区へ向って、広い通りが、まっすぐ、伸びていて、立ち並ぶ旅館が、見えている。確かに、近そうである。

二人は、旅館街に向って、歩き出したが、並んで歩くと、岡田は、改めて、北野の背の高さに驚いた。岡田も、彼の年齢にしては、高い方だが、それでも、歩きながら話すのに、見上げる感じになってしまう。

「背が高いね」

「一八三センチです」

北野は、ちょっと、得意そうに、いった。三高といわれた頃から、若い男のもてる条件の一つに、背の高さがあるのかも知れない。

十分も歩くと、川沿いに広がる城崎温泉に着いた。

川幅は、四、五メートルと狭く、流れも早く

ないので、運河のように見える。その川の両側に、古びた旅館や、土産物屋が、並んでいた。どれも、小さな構えで、温泉街全体が、ひっそりと、静かな感じがある。

よく、賑やかな温泉街だと、パチンコ屋や、ヌード劇場のネオンが輝いているものだが、それらしいけばけばしさは、感じられなかった。

川のところどころに架っている橋も、石造りで、どっしりと落ち着いて見える。

二人は、柳並木の下を、ゆっくり歩いて行った。時々、ゆかたがけの泊まり客を見かけるが、一様に、下駄ばきで、その下駄の音も、心地良かった。

旅館の並ぶ中に、射的屋があったり、クリーニング屋があったりする。

「私なんかには、こういう昔風の温泉街は、落ち着けるが、君みたいな若い人は、どうなんだろう？」

と、岡田は、歩きながら、北野に、きいてみた。

「僕も、こういうの嫌いじゃありませんよ」

と、北野は、いってから、

「僕より、若い連中には、物足りないかもしれませんね。だから、この城崎でも、車で、二十分ほど行った海岸には、近代的な水族館が出来ているし、大きなホテルもありますよ」

と、教えてくれた。

その水族館のある海岸には、沖の小さな島に、竜宮城も出来ていて、遊覧船も出ていると、北野は、いった。

「この城崎も、近代的になるというか、俗っぽくなるというか――」

「ああ、この旅館だ」

と、岡田は、足を止めた。

木造三階建、かわら屋根の小さな旅館に、「木村屋旅館」の看板が、かかっている。

「ここですか。僕は、この先の小池屋です。夕食のあとで、電話します。よかったら、外湯を、廻って歩きませんか」

と、北野は、いった。

城崎には、六つの外湯があって、観光案内にも、ぜひ、外湯を楽しみたいものだと、書かれていた。旅館で、石鹸(せっけん)やタオルを借り、ゆかたに下駄を突っかけて、廻って歩くのも風情があるだろう。

「いいね」

「じゃあ、電話します」

と、いって、北野は、更に奥に向って、歩いて行った。

岡田は、帳場で、女将(おかみ)にあいさつし、二階の部屋に案内された。窓を開けると、柳並木の道と、大谿(おおたに)川が、眼の下に見える。

ひとまず、旅館の風呂に入ってから、夕食をとった。窓の外には、夕闇が降りて、川沿いの街灯に、明りが、ともった。

外湯めぐりをする泊り客か、土産物屋をめぐる泊り客か、下駄の音が、聞こえてくる。

宿に置かれたパンフレットには、写真入りで、外湯めぐりの案内が、のっていた。

岡田は、北野の電話を待っていたが、いっこうに、かかって来ない。こちらから掛けてみようかと思ったが、連絡して来ないのは、何か、他に用が出来たのだろうと思い、遠慮することにした。

外湯めぐりは、一人ですることにして、旅館で、石鹸かごを借り、それに、タオルと、外湯めぐりの券を貰って、外に出た。

川沿いの狭い範囲に、六つの外湯が、かたまっている。

最古の外湯といわれる「鴻の湯」、美人の湯だという「御所の湯」、道智上人の祈願で湧き出たといわれる「まんだら湯」、開運招福で評判の「一の湯」、子授けの湯として女性に人気の「柳湯」、最後が、名水で有名な「地蔵湯」の六つである。

岡田は、三の湯まで入ったが、少し、のぼせてしまい、そのあとは、ただ、川風に吹かれながら、散策することにした。

旅館に戻ってから、岡田は、寝る前に、北野のいっていた小池屋という旅館の電話番号を調べてかけてみた。

向うの帳場につながったので、岡田は、

「そちらに、北野敬さんが、泊っていると、思うんだが」

「はい。泊っていらっしゃいます」

と、女の声がいう。

「部屋に、つないでくれませんか」

「まだ、お帰りになっていらっしゃいませんが」

「まだ？」

岡田は、腕時計に眼をやった。すでに、夜の十時半を過ぎている。

「何処へ行ったんですか？」

「多分、飲みに出ているんだと思いますよ」

と、相手は、いった。

（なるほどね）

岡田は、思った。岡田は、自分が、酒が飲めないので、つい、他の誰もが、自分と同じ時間割で、動いているものと、考えてしまう。

夜おそくなれば、テレビを見ながら、布団(ふとん)に入ってしまう。せいぜい、煙草を吸うぐらいしか、考えないのだが、あの北野という青年が、酒好きなら、まだ、眠る気にはなれないだろう。温泉街のバーか、スナックで、飲んでから、眠りたいと思うだろう。

岡田は、布団に入り、腹這(はらば)いで、煙草を二本ばかり吸ってから、明りを消した。

2

翌四月九日は、朝食をすませてから、岡田は、カメラを持って、外出した。

温泉街の町並を撮って廻るつもりだった。

大谿川の橋をわたると、小さな公園がある。そこから、標高二三一メートルの大師(たいし)山の山頂まで、ロープウェイがある。

公園兼駐車場には、団体バスが着いて、観光客は、まっすぐロープウェイの乗り場に向ってしまう。

公園の隅には、志賀直哉の碑があるのだが、それに気付く観光客は、ほとんどいなかった。

岡田は、その文学碑をカメラにおさめてから、ロープウェイで、山頂に、あがってみた。

低い山だが、それでも、城崎温泉が、眼下に見下せる。遠くに目を向けると、日本海まで、見えた。

志賀直哉の「城崎にて」を読むと、このロープウェイは出て来ないから、彼が、この城崎で、三ヶ月を過ごした時には、動いていなかったのだろう。

そんなことを考えながら、岡田は、山頂からも何枚かの写真を撮り、そのあと、北野がいっていた水族館に行ってみることにした。

日本海を望む日和山に、最近造られた城崎マリンワールドには、温泉街とは明らかに違う客が、来ていた。

温泉街には、中年の客が多く、北野のような若い客は珍しい。だが、こちらの城崎マリンワールドは、家族連れや、若いカップルが、圧倒的に、多かった。岡田は、北野も、ここに来ているのではないかと思い、千九百四十円払って、中に入ってみた。水深十二メートルという大水槽では、海の各層に棲む魚の分布が、生きたまま見られるし、外で行われているイルカなどのショーも楽しかったが、北野はいなかった。

昼食は、同じ日和山のレストランですませてから、バスで、温泉街に戻った。そのバス停から、少し歩いたところに、北野の泊っている小池屋旅館があった。

帳場をのぞいて、そこにいた女将に、

「北野さんに、会いたいんだが」

と、声をかけると、小柄な女将に、

「北野さん、何処にいるんですか？」

と、逆にきかれてしまった。

岡田は、わけがわからず、

「彼、ここに泊っているんじゃないんですか？」

「北野さん、昨夜から、帰って来ないんですよ」

「どうして？」

「そんなこと、わかりませんよ」

女将は、怒ったように、いう。

「警察に、連絡したんですか？」

「警察にですか？」

「そうですよ。昨夜外出して、この時間まで、戻って来ないんでしょう？　何かあったのかも知れない。警察に知らせて、探してもらうのが当り前でしょう？」

「北野さんが、うちへ泊るのは、これで、三度目なんですよ」

「二度目じゃないんですか？」

岡田は、首をかしげた。北野は、彼に、城崎は、大学時代に一度、来たことがあるといった。それなら、二度目のはずなのだ。

「三度目ですよ。去年の今頃と、一昨年と。来ると、必ずうちに泊って下さるんですけどね。夜になると、飲みに行ってくるといって、いつも外出なさってね。次の日まで、帰っていらっしゃらないことが、何回もあったんです。だから今回も、それかと思って、警察には連絡しなかったんですよ」

と、女将は、いう。

「本当ですか？」

岡田は、まだ、半信半疑だった。

北野は、間違いなく、大学時代に、一度、城崎へ来ただけだといったのだ。それを信じれば、北野は、今、三十半ばぐらいだから、十年以上前になる。

それなのに、女将の話では、ここ三年間、毎年、来ているという。

「本当ですよ。北野さん、いい人なんだけど、酒に飲まれてしまうんですかねえ」

「じゃあ、いつも、次の日になると、必ず、戻って来ているんですね」

「そうですよ。だから、あまり、心配してないんですけどねえ」

と、女将は、いった。

3

岡田は、木村屋旅館に戻ると、ボストンバッグから、山陰地方の観光地図を取り出した。

明日、ここを出発して、鳥取に向うつもりだった。前々から、砂丘の写真を撮りたいと思っていたのである。

夕食のあと、もう一度、外湯めぐりをしてみようと思い、石鹸かごとタオルを借りて、出かけようとしていると、帳場から、お客さんだと、知らされた。

てっきり、北野だと思った。向うの旅館の女将が、岡田のことを話したので、彼が遊びに来たに違いない。

階段をおりて行くと、玄関には、北野の姿はなく、見知らぬ男が二人、立っていた。

「岡田さんですか？」

と、片方の男が、きいた。

「そうですが」

「北野敬さんを知っていますね？」

その男は、決めつけるように、いった。

その喋り方で、岡田は、

（警察の人間ではないのか？）

と、思った。岡田自身、警視庁捜査一課で働いていた頃は、同じようないい方をしていたからである。

「彼が、どうかしたんですか？」

「死にました。殺されたんです」

「なるほど」

「あまり、驚きませんね?」

「いえ。あなた方が、警察の人間らしいとわかったので、予感みたいなものがあったんですよ」

と、岡田は、いった。

男は、険しい眼つきになって、

「なぜ、われわれが、警察の人間と、わかったんだ?」

「私も、昔、警視庁捜査一課の人間でしてね。あなた方の雰囲気で、わかったんです」

岡田が、いうと、男は、「へえ」という表情になって、

「岡田さんは、本庁に勤めておられたんですか?」

「もう、何年も前です。三十年も、刑事をやっていました」

「それなら、話がしやすい。われわれと一緒に、これから行ってもらいたいところがあるんです」

「死体の確認ですか?」

「そうです」

「すぐ、支度します」

と、岡田は、いった。

着がえをすませて、岡田は、県警のパトカーで、二人の刑事と、現場に向った。

車の中で、二人の刑事の名前も知らされた。年輩の方が、山下、若い方が、林という名前だった。

パトカーは、まだ、うす明りの中を、円山川に沿って、上流に向って走った。

円山川は、日本海に注ぐ川で、城崎温泉はその河口辺に生れた温泉といってもいい。温泉街

の真ん中を流れる大谿川は、その支流である。

河口に近いだけに、道路に沿って流れる円山川は、五、六十メートルと川幅が広い。岸近くには、葦が密生し、ところどころに、今はやりのモーターボートが、繋留してある。

「この先に、玄武洞があります」

と、助手席から、山下刑事が、リアシートの岡田を振り向いて、いった。

「名前は知っているが、行ったことはありません」

と、岡田は、いった。

「城崎は、初めてですか？」

「そうです。初めてです。明日は、鳥取に行くつもりです」

前方に、パトカーが二台、とまっているのが見えた。懐中電灯が三つ、四つと、動く。暗さが増して、その明りが強くなった。

岡田を乗せたパトカーも、他のパトカーの傍にとまった。

「ここです」

と、いわれて、岡田は、車をおりた。

河岸に、小さな人の輪が出来ていた。その輪の中に、全身がずぶ濡れの男の死体が、仰向けに横たえられている。

北野だった。ジャンパーに、ジーンズ、そして、ナイキのスニーカー。昨日と同じ服装だった。

「北野敬さんに間違いありませんか？」

と、山下刑事が、きき、懐中電灯で、北野の顔を照らした。

「私の知ってる北野さんです」

と、岡田は、いってから、

「なぜ、木村屋旅館にいる私に、会いに来たんですか？　私は、昨日、初めて、この青年と会っただけの関係なのに」

と、逆に、きいてみた。

「これです」

と、山下刑事は、名刺を差し出した。岡田が、北野と交換した自分の名刺だった。

「その名刺の裏に、電話番号が、書いてありましてね。それが、木村屋旅館のものだったので、すぐ、伺ったんです。その名刺の人が、何か知っているのではないかと思いましてね」

「殺しなんですね」

「そうです。後頭部を殴られ、首を絞められています」

と、山下は、いった。

北野の死体は、司法解剖のために、運ばれていった。

そのあと、岡田は、更に、円山川を遡って、豊岡警察署へ、連れて行かれた。

元本庁の刑事だったというので、一応、丁重に扱われているが、自分が、容疑者の一人になっていることは、嫌でもわかった。

別に、そのことに、腹は立たなかった。岡田が、現役の刑事で、旅先で、こんな事件が起きれば、名刺の主を、まず疑うだろうからである。

調室で、山下刑事から、北野と出会ったいきさつを、訊かれた。

「最初は、京都から城崎へ行く『きのさき5号』の中で、声をかけられたんです」

岡田は、その時の様子から、話した。

「被害者の方から、声をかけて来たんですか？」

「そうです。彼が勤めている宝石店の展示会で、警備にいった私の顔を覚えているといってね」

「彼は、宝石店に勤めているんですか？」

「東新宿の大きな宝石店ですよ。ジュエリー広瀬という店です」

と、岡田は、いった。

山下は、調室を出て行った。多分、確認の電話をかけに行ったのだろう。
七、八分して、山下は、戻ってくると、前とは違った、難しい顔で、岡田を見すえた。
「嘘をついては、困りますね」

「何のことですか？」

「今、東新宿のジュエリー広瀬という宝石店を、探しました」

「あったでしょう？」

「新宿に一店だけだというので、電話番号を調べ、電話して、被害者のことを聞いてみました。そうしたら、うちには、北野敬という店員はいないと、いわれましたよ」

山下は、怒った顔で、いった。

「おかしいな。最近、辞めたということじゃありませんか？」

「今も以前も、北野という店員はいないといわれましたよ」

と、山下は、いってから、

「その店で、展示会があって、あなたが、SOSから派遣されて、警備に行った。その時、店員の中に、北野敬がいたというんですね？」

「一月に、フェスティバルがあったんです。しかし、その時私は、別に、店員の一人一人の名前を知ったわけでもないし、顔を覚えたわけでもありませんよ。昨日、列車の中で、彼の方から声をかけて来て、あの時、自分も、店で働いていたといわれたので、ああ、十名くらいいた店員の中に、この青年もいたのかと、思ったのです。それを、嘘とは、思いませんでしたからね」

「おかしいですね」

「ええ。おかしいです」

「私がいっているのは、何の関係もないあなたに、被害者が、なぜ、そんな嘘をついたのか、それが、おかしいといっているんです」

山下刑事は、険しい眼で、睨んだ。

「私にだって、わかりませんよ」

「私にいわせると、あなたが、嘘をついているように見えますがねえ」

と、山下は、いう。

今度は、岡田が、腹を立てた。

「なぜ、私が、嘘をつかなければならんのです？」

「いいですか？　あなたは、被害者が、城崎へ来る列車の中で、声をかけて来て、東新宿のジュエリー広瀬の店員だと名乗ったという。一月の展示会の時、あなたは、警備員として、その店へ行った。被害者は、その時、あなたを見た、と、いったという。だが、違っていた。あなたか、被害者のどちらかが、嘘をついていることになる」

「彼が、嘘をついたんですよ」

「死人に口なしですか？」

「バカなことは、いわないで下さい」

「いいですか。なぜ、被害者が、あなたに、嘘をつく必要があったんです？」

「ちょっと待って下さい」

岡田は、あわてて、上衣のポケットを探った。

「何をしているんです？」

「彼に、名刺を貰ったのを思い出したんです。あった」

と、岡田は、その名刺を、山下刑事の前に置いて、

「ちゃんと、ジュエリー広瀬の販売員と、書いてありますよ」

「なるほど――」

山下は、当惑した顔になった。

「だから、私が嘘をついたのではなく、北野敬か、宝石店のどちらかが、嘘をついているんです」

と、岡田は、いった。

「しかし、なぜ、そんな嘘を？」

「私が、知るわけがないでしょう」

岡田は、わざと、意地悪く、いった。

「困ったな。わけがわからない――」

山下刑事が、溜息まじりに、呟いた。

少しばかり、岡田は、相手が、気の毒になってきた。

「彼について、私が知っていることを話しましょう」

「ぜひ、協力して下さい」

「彼は、私には、城崎には、大学の頃、一度来ただけで、今度が二度目だといいました」

「じゃあ、十年ぶりくらいですかね」

「そうでしょう。ところが、彼が泊った旅館の女将さんの話では、ここ三年、毎年、やって来て、泊ったというんです」

「そんな嘘もついていたんですか」

「そうです。その名刺のジュエリー広瀬販売部

というのが嘘だとすると、彼は、私に、いくつも、嘘をついていたわけです」

「なぜ、そんなに、沢山、嘘をついたんですかね?」

「もともと、虚言癖があるのか、何か、意図があって、私に、嘘をついたのか、私にも、わかりませんね」

「あと、二、三日、城崎にいて下さい」

と、山下刑事は、いった。

「なぜです? 私は、明日、鳥取へ、行くんです。それとも、私は、今度の事件の容疑者になっているんですか?」

「そんなことはありませんが、あなたは、被害者が殺される前日、話し合っている。それに、被害者は、東京の人間で、あなたと同じだ。だから、ぜひ、捜査に協力してもらいたいのですよ」

「しかし、何回もいうように、昨日、きのさき5号の車内で、初めて会ったんですよ。その前には、全く、会ったことがない。つまり、彼のことを、ほとんど知らないんです」

と、岡田は、いった。

「でも、なぜか、被害者の方から、あなたに、近づいてきたんでしょう。なぜ、そんなことをしたのか、今度の事件と、それが関係があるのか、それを知りたいと思っているんです。ひょっとすると、事件解決につながるかも知れませんからね」

「私が、ノーといって、鳥取へ行こうとしたら、力で、止めるんでしょう?」

岡田が、冗談めかしていうと、山下刑事は、ニコリともしないで、

「私が、あなたを、鳥取に行かせたいと思っても、本部長は必ず、止めると思いますよ」

と、いった。

4

あと二、三日、城崎に留まって欲しいといわれて、岡田は、考えて、殺された北野敬が、泊っていた小池屋に移ることに、決めた。

岡田が、訪ねて行くと、女将は、警戒するような眼で、彼を見た。

「本当に、お泊りになるんですか？」

「出来れば、北野さんのいた部屋を、お願いしたいんですよ。駄目ですか？」

「そんなことは、ありませんけど、お客さまが、気味が悪いんじゃないかと思いましてね」

と、女将は、いった。

「地元の警察が許可してくれれば、私は、その部屋に、ご厄介になりたいですね」

と、岡田は、いった。忘れていた元刑事の血が、騒いだといってもいい。

女将は、すぐ、豊岡警察署に、電話をかけた。

その結果、山下と、林の二人の刑事が、鑑識を連れて、やって来た。

「あなたが、お入りになる前に、一応、被害者が泊っていた部屋を調べたいのです」

と、山下は、いった。

「しかし、殺されたのは、円山川の河原だったんでしょう？」

「そうですが、犯人が、部屋に、被害者を訪ねていたということも、考えられますのでね」

「被害者の所持品は、どうなったんですか？」

と、岡田は、聞いてみた。

「ああ、リュックサックですか」

「ええ。現場で見つかったんですか？　死体の傍にはなかったみたいですが」

「そうです。あの周辺を調べていたところ、あの現場から、十メートルほど離れた、同じく、河原で見つかりました。北野のネームが入っていたので、被害者のものとわかりました」

「離れた場所にあったというのは、どういうことなんですか？　殺害場所が、違うということですか？」

「いや、われわれは、犯人が、十メートル離れた場所に捨てたんだと考えています」

「どうしてですか？」

「リュックの中身ですが、何が、入っていたと思いますか？」

「わかりません」

「拓本の道具です」

「タクホン？」

「ええ。文学碑などの文字を写し取るやつです。リュックの中には、和紙や、墨、タンポなど、拓本の道具が入っていたんです。犯人は、高価なものでも入っているかと思って、殺害のあと、リュックを持ち去ったが、拓本の道具しか入っていないので、捨てたのか、あるいは、高いものを奪ってから、捨てたか、どちらかと、考えているのです」

と、山下は、いった。

岡田は、北野が、城崎には、アルバイトで来たといっていたのを思い出した。文学碑の拓本をとるのが、彼のアルバイトだったのか。

「それで、被害者は、すでに、いくつか、拓本をとっていたんですか？」

「いや、まだ、とっていませんでしたね。その形跡はありません」

「すると、北野さんは、拓本をとるために、夕食のあと、道具をリュックに入れて、外出したということになりますか？」

「われわれは、そう考えています」

「しかし、あの現場付近に、文学碑などは、見当たらないんじゃありませんか？　文学碑や歌碑は、温泉街にあると思っていましたが」

「その通りです。われわれは、なぜ、あの河原で、殺されていたのか、その辺を、調べたいと思っています」

　山下は、正直に話してくれた。

　その間に、鑑識は、部屋の中の写真を撮り、指紋の採取をすませた。

「もう、部屋に入られて、結構ですよ」

　と、山下は、いい、林刑事と、鑑識を連れて、引き揚げて行った。

　岡田は、二階の部屋に入った。彼が、前日泊った旅館の部屋とよく似ていた。八畳の和室で、窓際が、板敷きとなって、そこに、籐椅子二脚と、小さなテーブルが置かれている。典型的な、日本旅館の部屋の感じだった。部屋には、風呂がついているが、温泉ではないから、温泉に入りたければ、一階の大浴場へ行かなければならない。そんなところも、典型的な和室だった。

　女将が、自分で、茶菓子を運んで来て、

「本当に、この部屋で、よろしいんですか？」

　と、きいた。岡田は、それに答える代りに、

「北野さんは、ここ三年間、毎年、この旅館に来ていたそうですね？」

　と、改めて、きいた。

「ええ」

「前の二回も、拓本をとりに来ていたんですか？」

「拓本って、何ですの？」

「ここの警察が、いってたじゃありませんか。北野さんは、リュックの中に、文学碑なんかの文字を、墨で写しとる道具を入れて、昨日、外出して、殺されたんです」

「そうなんですか」

「じゃあ、前の二回は、何しに、城崎へ来ていたんですか？」

岡田は、戸惑いながら、女将に、きいた。

「宝石を売りに来てたんじゃないんですか？」

「宝石を？」

「ええ。私も、買わないかとすすめられましたもの」

と、女将は、いう。

「宝石を見せられたんですね？」

「ええ。ケースに入ったものをね。市価の半額だといわれましたけどね。インチキかも知れないと思って、買わなかったんです」

「去年も、一昨年も、宝石を売りに、来たんですかね？」

「そうだと思いますよ。二回とも、ケースに入った宝石を見せられましたもの」

「そのケースは、二回とも、今回と同じくリュックに入れて来ていたんですか？」

「いえ。前の二回は、ボストンバッグでした」

「しかし、城崎に、なぜ、二回も、宝石を売りに来ていたんですかね？　この町で、沢山、宝石が売れると、思っていたんだろうか？」

岡田が、いうと、女将は、笑って、

「そうじゃありませんよ。北野さんは、山陰が、担当で、城崎を手始めに、鳥取、米子、松江と、廻るんだと、いっていましたわ」

「山陰担当？」

「北野さんは、新宿にある大きな宝石店で、販売の仕事をしていると、いっていました」

「ジュエリー広瀬？」

「ええ。そんな名前でした。今は、不況なので、店で、じっと、お客の来るのを待っていても、宝石は、売れない。それで、販売員が、宝石を持って、日本の各地へ出かけて行くことにしたんだそうですよ」

「それで、北野さんが、山陰方面の担当ということになったというわけですか？」

「北野さんは、そう、いっていましたよ。ノルマみたいなものがあって、大変なんですって」

「しかし、なぜ、今年は、宝石の代りに、拓本の道具なんか持って、同じ城崎に来たのかな？」

岡田は、自問するように、いった。

「商売代えをしたのでしょうか？　あんまり、宝石が売れないので」

「しかし、昨日、私にくれた名刺には、ジュエリー広瀬の販売部と、書いてあった――」

「じゃあ、今回は、自分の趣味のために、城崎に来たんですかねえ」

女将は、小さく、首をかしげた。

「昨日、彼は、それらしいことを、いっていませんでしたか？」

「いいえ。何も」

「宝石を見せることもしなかった？」

「ええ。二回とも、私が買わなかったから、もう、私には見せても仕方がないと思って、今回は見せないんだろうと、勝手に考えていたんですよ。まさか、今回は、拓本のために来ていらっしゃったとは、思っていませんでしたわ」

と、女将は、いった。

「昨日、北野さんは、夕食のあと、外出したんでしたね？」

「ええ」

「何時頃？」

「六時に、夕食でしたから、六時半頃だったと思いますよ」

「その時、何かいっていませんでしたか？」

「別に、何も」

と、女将は、いってから、

「一つ、お聞きしていいですか？」

「何です？」

「お客さんは、刑事さん？」

「いや。違います」

「殺された北野さんと、親しかったんですか？」

「いや。昨日、城崎へ来る途中で、初めて、知り合ったんですよ」

「本当に？」

「ああ、女将さんが何をいいたいかわかりますよ。初めて会っただけなのに、なぜ、そんなに、熱心に、今回の事件のことを聞いて廻るのかと、いうんでしょう？」

岡田は、微笑して、いった。

「ええ。そうなんですけど。すいません」

「私の道楽みたいなものですかねえ。それに、今、東京の警備会社に勤めているんです。だから、こういう事件にぶつかると、調べてみたくなるんですよ」

岡田は、以前、警察にいたことは、いわなかった。何といっても、今は、刑事ではなかったからだった。

5

城崎へ来て、三日目の四月十日になった。

本当なら、今日は、鳥取へ行くはずなのだが、ここの警察に、二、三日、城崎にいて欲しいと、いわれてしまった。

朝食のあと、昼過ぎまで、旅館に待機していたのだが、山下刑事たちは、やって来なかった。

多分、事件のことで、聞き込みに廻っているのだろう。仕方がないので、女将には、自分の携帯電話の番号を教え、刑事が来たら、連絡してくれるように頼んでおいて、カメラを持って、外出した。

温泉街のそば屋で、昼食に、ざるそばを食べた。最近、太り気味で、医者から、食事に注意するようにいわれているのだ。

そのあと、城崎町文芸館に足を運んだ。そこに、志賀直哉の文学碑の拓本が、展示されていると、聞いたからである。

昔の白壁の土蔵を改造した建物だった。四百円の入場料を払って、岡田は、中に入った。一階には、与謝野鉄幹、晶子夫婦と、吉井勇の短歌が展示されている。二階は、志賀直哉のコーナーで、目的の拓本もあった。

北野は、こういうものを作りに来たのかと、岡田は、しばらく、眺めていた。

（許可なしに、勝手に、文学碑の拓本をとっていいのだろうか？）

そんな疑問が、拓本を見ている中に、岡田を捕えた。

多分、許可が必要だろう。北野は、許可を貰っていたのだろうか？　それに、宝石のセールスと、拓本というのが、どうも、結びついて来ない。

文芸館を出ると、タクシーを拾って、昨日の殺人現場に、もう一度、行ってみた。

河原には、今日は、ロープが張られている。県警が、現場保存のために、やったことだろう。岡田も、何度となく、ロープをくぐって、現場検証に、のぞんだことがある。

ロープの中央あたりは、葦が踏まれて、つぶされている。県警がいうように、そこが、殺人現場であることは、まず、間違いないだろう。

土手の上に待たせておいたタクシーに戻ったとき、携帯が、鳴った。

女将の声で、

「あなたに会いたいって、刑事さんが、来ていますよ」

「すぐ、帰る」

と、岡田は、いった。

タクシーを飛ばして、旅館に戻った。

玄関に入ったが、山下と、林の二人の刑事の、姿はない。帳場にいる女将に、

「山下刑事たちは、何処にいるの？」

と、声をかけると、壁にかかった山陰本線の時刻表を見ていた二人の男が、振り返った。

新しい泊り客かと思っていたのだが、その顔に、岡田は、見覚えがあった。

相手も、いい合せたように、微笑を浮べて、

若い方が、

「岡田さんと聞いたので、ひょっとするとと思っていたんですが、やっぱり、あの岡田さんでしたね」

と、いった。

「十津川さん――」

「そうです。十津川です。一年だけ、ご一緒に、仕事をしました」

と、相手は、いった。

もう一人が、「亀井です」と、いった。

「覚えていらっしゃいますか？」

「もちろん、覚えていますよ」

と、岡田は、大きく肯いたが、

「今日は、私に、何の用です？」

「四月八日に、ここで起きた殺人事件のことで、来たんですが、被害者のことを知っている岡田という客がいて、この旅館に泊っていると聞いたので、来てみたんです」

と、十津川は、いった。

「ここでは、何だから、私の部屋に行きましょう」

と、岡田は、いった。

二人の刑事を、二階の部屋に、招じ入れた。仲居が、茶菓子を持って来て、部屋を出ていくのを待って、

「本庁が、なぜ、城崎の事件に、関心を持ったんですか？」

と、きいた。

「四月六日の夜、世田谷区太子堂のマンションで、ひとり暮しの女性が、殺されたんです。三十五歳の独身の女性で、六本木のクラブのママでした」

十津川が、話した。亀井が、それに続けて、

「金を奪われていないので、異性関係のもつれが、原因ではないかと思いましてね。彼女が持っていた名刺の男を片っ端から調べていったんですが、いっこうに、容疑者が浮んで来ないんですよ。名刺の中に、一人、どうしても不明な男がいましてね。その名刺が、これなんです」

と、いい、彼は、一枚の名刺を、岡田に差し出した。

見覚えのある名刺だった。

〈「ジュエリー広瀬」販売部　北野　敬〉

たしかに、岡田が貰った名刺と、全く同じものだった。

「それで、その店に電話してみたんですがねえ」

と、十津川が、いう。

「北野という従業員はいないといわれたんじゃありませんか？」

「その通りです。おまけに、自宅の住所もわからない。それで、逆に、ますます怪しいと思ったんですが、手掛りがなくて、困っていたんです。それが、この城崎で、北野敬という男が殺されたと知って、取りあえず、飛んできたわけです」

と、十津川が、いった。

「ここの警察には、行かれたんですか？」

「豊岡警察署に行って来ました。そこで、あなたのことを聞いたんです」

「死亡推定時刻は、わかったんですかね？」

「司法解剖の結果が、出たところでしてね。それによると、四月八日の午後九時から十時の間です。死因は、首を絞められたことによる窒息死だそうです。あの現場付近は、午後七時を過ぎると、真っ暗になるといわれました。夏には、屋形船が出るそうですが」

と、十津川は、いった。

「それで、岡田先輩に、北野敬のことで、知っていることを、教えて頂きたいのですが」

と、亀井が、いった。

「北野とは、京都からの特急きのさき5号の車内で、初めて会ったんですよ。向うから、声をかけて来ましてね。自分は、東新宿のジュエリー広瀬という宝石店で働いていたが、一月のフェスティバルの時、私を見たというのです」

「今年の一月ですか?」

「そうです。確かに、私は、SOSに勤めていて、一月にジュエリー広瀬のフェスティバルで、警備にいっている。それで、あの時、店内にいた従業員の一人かと思いましてね。名刺の交換をしました」

「でも、嘘だった?」

「それは、彼が殺されてから、ここの警察が、東京のジュエリー広瀬に照会して、わかったことです。それまで、私は、てっきりジュエリー広瀬の人間だと思っていましたよ」

「他に、彼について、何かわかっていることが、ありますか?」

「彼は、少なくとも、三年続けて、この城崎に来て、この旅館に泊っています。女将が、話してくれました」

「県警の話では、彼のリュックの中に、拓本の道具が、入っていたそうですが、それについては、北野から、何か聞きましたか?　拓本のために、城崎に来たんだということですが」

「アルバイトで来たとは、いっていましたね」

「拓本を作ることが、アルバイトというわけですかね」

「そう思わざるを得ませんが、ここの女将の話では、前の二回の時には、彼から、宝石を買えとすすめられて、ケースに入った宝石を見せられたそうです」

「拓本ではなくですか?」

「拓本の話なんか、聞いたことはないと、いっています」

「妙ですね」

「前の二回の時、北野が、女将に話したところでは、今、不景気で、宝石が、なかなか売れない。店にいて、客を待っているより、出かけて行って、セールスすべきだということで、彼は、山陰地方を受け持って、廻っているのだといっていたそうです。だから、今回、拓本の道具を持って来たということに、女将は、驚いていますよ」

と、岡田は、いった。

「どうも、わからないね」

十津川は、呟いて、煙草に火をつけた。

岡田は、笑って、

「まだ、煙草は、止められませんか?」

十津川は、照れ臭そうに笑って、

「駄目ですねえ。医者にも、家内にも、禁煙をすすめられているんだが、捜査が難しくなると、つい、口にくわえてしまうんですよ。自分でも、よくわからないんですが、煙草を吸うことが、一つのリズムになっているのかも知れません」

「本庁では、東京の事件と、ここの事件が、同一犯人と思っているんですか？」

と、岡田は、きいた。

「その可能性が強いと思っていますよ。東京で殺されたクラブのママと、城崎で殺された北野敬が知り合いだったと思われます。彼女が、北野の名刺を持っていましたからね。次に、殺害の手口です。北野は、後頭部を殴られたあと、首を絞められていますが、東京のママも、背後から殴られたあと、首を絞められているのです」

亀井が、説明した。

「わたしにとって、城崎でぶつかった殺人事件は、第一の殺人だと思っていたんですが、本当は、第二の殺人だったわけですね」

「そうです。第二の殺人です」

「東京の事件を詳しく話してくれませんか」

と、岡田は、いった。

「岡田さんなら、いいでしょう。四月六日ですが、六本木のクラブ『ミラージュ』のママ、竹宮麻美、三十五歳が、時間になっても、出て来ない。世田谷区太子堂のマンションに電話したが、応答がない。それで、心配になり、マネージャーが、店が終ったあと、寄ってみて、彼女が、殺されているのを発見したというわけです。われわれが調べたところ、彼女は、四月六日の午後五時から、六時の間に、殺されたことが、わかりました。これから、店へ出勤しようとしているときに、殺されたんです。だから、きちんと、和服を着ていました」

「三十五歳で、六本木のクラブでママというのは、すごいですね」

「いいパトロンがついていたと思うのですが、

まだ分かっていません」

と、十津川は、いった。

「私が、東京の殺人事件を知っていたら――」

岡田は、口惜しそうに、いった。

容疑者の一人が、北野敬という名前だと知っていたら、列車内で自己紹介された時、すぐ、警視庁に連絡していたろう。そうすれば、北野は、殺されずにすんだかも知れないのだ。

(だが、なぜ、列車の中で、北野は、彼の方から、近づいてきたのだろうか?)

第二章　三朝温泉

1

北野は、自己紹介して、岡田に、こういったのである。

一月に、自分が勤める新宿のジュエリー広瀬で、宝石のフェスティバルがあったとき、SOSから、警備の人を呼んだ。その時、岡田を見かけたのを思い出し、つい、車内で、声をかけたと。

確かに、岡田は、SOSから、派遣されて、一月に、ジュエリー広瀬の警備に行っている。だが、肝心のその店では、北野という店員は、いないと、いった。

北野は、嘘をついた。

一月のフェスティバルで、岡田を見たというのは、嘘なのだ。

だが、北野は、岡田が、警備会社SOSの人間であることを、知っていた。

岡田は、非番の時でも、つい、上衣の襟に、SOSのバッジをつけてしまう。

北野と会った時も、バッジをつけていた。SOSの三文字を並べたシンプルなバッジである。この警備会社があることを知っている人間なら、社員だと、わかるだろう。

北野は、それで、岡田を、SOSの社員と、すぐ、わかったのではないか。

岡田は、駅前のそば屋で、十津川と、名物の芋かけそばを食べながら、自分の考えを、喋った。

「北野は、自分が殺されるかも知れないと、感じていたんじゃないかと、思うんです」

「なぜ、そんな風に、思うんですか？」

十津川が、箸を動かしながら、きく。天然の自然薯を使っているので美味い。

「北野は、なぜ、私に声をかけて来たのか、ずっと、考えていたんです。これは、一つの推理なんですが、今、いったように、彼は、自分が、殺されるかも知れないと、思っていた。彼は、何か後暗いところがありました」

「そうですね。ジュエリー広瀬で働いていたといっていますが、それは、嘘のようだし、山陰には、アルバイトで来たといっていたが、それらしい形跡はなかった」

「バッグの中に、拓本の道具が、入ってはいましたが、使った形跡はありませんでした。どうも、北野は、ここ何年か、山陰に来て、よくないことを、やっていたのではないでしょうか。それで、身の危険を感じていた。と、いって、警察に助けを求めるわけにはいかなかった。そこで、警備会社の人間である私に、近づいてきたのではないでしょうか」

「あなたに、相談したかったのかな？」

「今になると、そう思うんですよ。彼の表情とか、言葉の調子なんかを思い出すとね」

「しかし、結局、あなたには、相談せずに、殺されてしまったわけですね」

「彼は、私を、外湯めぐりに、誘っていたんです。あるいは、その時に、相談するつもりだったのかも知れません」

「なるほど、外湯めぐりにね」

「そうです。この城崎では、外湯めぐりが有名だし、浴衣姿の観光客が、下駄ばきで、歩く姿が、よく見られますからね。彼が、何かに、怯えていたとすると、外湯めぐりにかくれて、私に相談したいと、思っていたとしても、おかしくはありません」

「しかし、来なかったんですね？」

「そうです。たぶん、犯人が、呼び出したんだと思いますね」

と、岡田は、いった。

「犯人は、ひょっとすると、列車の中から、北野を監視していたのかも知れないなあ」

十津川は、箸を止めて、いった。

「そうですね。それがあるかも知れない。北野が、私に、声をかけたりしているので、犯人は、素早く、北野を殺すことを決意したのかも知れません」

「被害者は、あなたに、何を相談したかったんですかねえ」

と、十津川は、いった。

「彼は、何年かにわたって、この山陰にやってきていたんです。旅館の女将の話では、その度に、宝石を買えと、すすめられていたと、います」

「宝石を売ることは、別に、犯罪じゃありませんがね」

「それが、詐欺商法だったのかな」

「詐欺商法ですか？」

「よくあるでしょう。おいしい話で、安物の宝石を、高く売りつける」

「しかし、殺された彼の所持品の中に、宝石は無かったんです。県警は、そう発表していますが」

「たぶん、犯人が、持ち去ったんだと思いますね」

と、岡田は、いった。

「北野は、拓本を作るといって、何年かにわたって、山陰を廻り、実際には、宝石の詐欺商法を、繰り返していた。その恨みで、殺されたと、岡田さんは、考えるわけですね？」

「そうではないかと、思っているんですがね」

「すると、東京で殺された六本木のクラブのママのことですが、彼女も、宝石の詐欺商法に関係していたという可能性も、出て来ますね」

「それらしい話があるんですか？」

岡田は、眼を光らせて、きいた。半分くらい、刑事の顔になっている。

「まだ、はっきりしませんが、宝石は、かなり、持っていますね。それに、副業をしていたらしいという噂もあるのです」

と、十津川は、いった。

2

十津川との食事をすませて、岡田は、旅館に戻ると、東京のＳＯＳ社に、電話をかけた。

鈴木という人事部長を呼んで、明日から出社することを伝えると、なぜか、

「あと一週間ぐらい、休みをとって、ゆっくりとして下さい」

と、いう。

「なぜですか？　明日から、仕事に戻りたいん

ですが」

「しかし、いろいろと、お疲れになったでしょう？」

「いや、別に、疲れませんよ」

「しかし、そちらで、殺人事件に、巻き込まれて、大変だったと思いますがね」

「別に、私が、犯人じゃありませんから」

「ついでですから、そちらで、あと一週間ばかり、のんびりして下さい。岡田さんは、あまり、休暇を取っていないんだから」

と、鈴木部長は、いう。

どうも、おかしかった。

「何かあったんですか？」

「いや、何もありませんよ」

「おかしいな。正直に、話して下さいよ。何があったんですか？」

「社長が、岡田さんのことを、心配して、少し、のんびりとした方がいいといわれるんで、私も、あと一週間ばかり、のんびり休みを取ってもらおうかと思いましてね」

と、鈴木は、いう。

岡田は、なおさら、おかしいと思った。SOSの社長は、社員の健康を心配するほど、心優しい人物ではなかったからである。

「ひょっとして、警察が、私のことで、あれこれ、聞きに来たんじゃありませんか？」

と、岡田は、きいてみた。

一瞬の間があってから、鈴木は、

「わかりますか？」

「他に、考えられませんからねえ」

「実は、そちらで起きた殺人事件のことで、刑事が、あなたのことを、いろいろと聞きに来たんですよ。うちの社長は、そういうことに、神経質だから」

「私は、無実なんですよ。事情を聞かれただけですよ」

「わかっています。しかし、ＳＧ（セーフガード）がね」

と、鈴木は、いう。

　ＳＧというのは、同じ警備会社で、岡田の会社とは、ライバルである。宣伝中傷合戦もあったりしているから、社員の一人が、殺人事件に巻き込まれたというのは、格好の攻撃材料ということなのか。

「何か、いってるんですか？」

「いわゆる怪文書というのを、流しています。ＳＯＳは、殺人容疑者を、社員に雇っているというやつです」

「そんな言葉を、信じたんですか？」

「いや、私は、信じませんが、何しろ、警備保障という仕事は、何よりも、信用第一ですからねえ。それに、最近、警備会社の社員が、現金輸送車を襲ったりして、問題になっている。そんなことで、社長は、神経質になってるんですよ。あなたが、今、帰ってくると、ＳＧの格好の標的になってしまう。だから、ほとぼりのさめるまで、ゆっくり、休みを取っていて欲しいということで」

「なるほど――」

（鈴木部長らしい）

と、思ったが、それは、口に出さず、岡田は、

「それなら、一週間、余計に、休みを取らせてもらいます」

と、いった。

　岡田は、他に、行きたい町があったからであ

る。

それは、山陰を、西に向って、旅行することだった。もともと、土、日を入れて、五日間の休みを取り、山陰を旅する目的で、東京を出て来たのである。

それが、山陰の入口、城崎で、殺人事件に、ぶつかってしまったのだ。しかも、城崎で、知り合った青年が、殺されたことで、岡田は、重要参考人になってしまって、事情聴取で、足止めをくってしまった。

三日間が、たちまち、たってしまい、山陰旅行は、夢になってしまう感じだった。それに、まだ、犯人の目安もついていないのである。

岡田は、元、捜査一課の刑事ということで、地元の警察も、一応は、彼を、シロと見てくれてはいるのだが、完全に、無実と考えてはいないようである。

何しろ、岡田は、殺された北野と、名刺を交換しているし、一緒に、外湯めぐりを約束していた。

それを考えれば、地元の警察が、岡田に、疑いを持つのも、当然なのだ。

岡田にも、それがよくわかっているから、根気よく、県警の事情聴取にも応じて来たのである。

そのことが、自分の手で、今回の事件を解決したいという気持にさせた。一週間の休暇を貰えたのは、そのチャンスを与えられたと感じたのである。

岡田は、県警にも、行先を知らせ、十津川と亀井の二人にも、明日から、何処へ行くかを話した。

十津川は、苦笑した。

「岡田さんの病気が出ましたね」

「私の病気？」

「捜査一課にいた頃から、岡田さんは、自分ひとりで、事件を解決したがっていたから」

「私はね、自分としか意見が合わなくてね。どうしても、一匹狼になってしまう」

と、岡田も、笑った。その笑いの中に、警視庁を辞めてからの人間的な成長が、感じられた。少しは、角が取れたのだ。

だが、一匹狼的な性格が、変ったとは、とても、思えないし、今は、民間人だから、どう行動しようと、自由である。

「山陰を廻って、どうしようというんですか？」

と、亀井が、きいた。

「旅館の女将の話では、北野は少なくとも二年前から、山陰を廻っていたらしい。彼は、自ら、ジュエリー広瀬の社員と、名乗っていたんだが、女将には、自分は、宝石のセールスで、山陰方面を担当しているんだと、説明している。だから、私も、休みが取れたのを幸い、山陰で、北野の足跡を追ってみたいんだよ」

「なぜ、そんなことを、退職した岡田さんが、なさるんですか？」

亀井が、きく。

「さあ、なぜかな？」

「自分が、疑われたことに、腹を立てて、真犯人を見つけようというんですか？」

「それも、あるかも知れないね」

「危険じゃありませんか」

亀井は、本当に、心配そうに、いった。

岡田は、くすぐったそうに、笑って、

「かも知れないな」

「それに、岡田さんは、もう、刑事じゃないいんです。犯人逮捕は、警察にお委せなさい」

「それが、出来ないんだよ」

「なぜですか？」

「十津川さんにもいったんだが、北野は、危険を感じていて、私に、助けを求めようとしていたのかも知れないんだ。私は、それに、気付かなかった。それが悔まれてね」

と、岡田は、いった。

「それだけじゃないみたいに、みえますがね」

「そうかな」

岡田は、眼を宙に、遊ばせた。

確かに、そうかも知れないという気がした。

妻が亡くなって、孤独になってから、旅行とカメラに楽しみを見出してきたのだが、何処かに、隙き間風が吹くのを感じていたのである。

生甲斐といったらいいのか。旅行し、カメラに、景色をおさめてくるのは、確かに、楽しい。だが、それは、あくまでも、受け身の楽しさである。時として、もっと、能動的な楽しみを感じたいと思っていたのだ。

それが、ふいに、見つけられそうな気がしてきたのである。

旅行で知り合った青年が、殺されたのは、偶然でしかない。

それに、一週間休めといわれたのは、社長の気まぐれでしかない。社長の小心さといってもいい。

だが、その二つから、岡田は、自分の手で、犯人を見つけてやろうという気持になった。あの若者の仇を討ってやりたい。そして、自分がシロだと証明したい。しかし、それは、あくまでも、表の理由である。

本心は、刑事だったときの生甲斐と、スリルを、もう一度、味わいたかったのだ。

十津川は、そんな岡田の気持を見すかしたように、

「岡田さん。楽しそうに、見えますよ」

と、いった。

岡田は、ちょっと、狼狽した表情になって、

「そんな風に、見えますかね」

「雀百までというやつじゃありませんか」

「かも知れない」

「しかし、警察手帳も、手錠もないことを、忘れないで下さい」

と、十津川は、釘を刺した。

「わかっています」

「それに、警察という組織の後ろだてもない」

亀井が、いうと、岡田は、笑って、

「もともと、私は、一匹狼だから。それに、子供も、大きくなっているし、妻も、亡くなっている。私が、亡くなっても、困る人間は、いないんだ」

「そういう考えは、よくありませんよ。あくまでも、民間人として、行動して下さい」

と、十津川は、いった。

「どういうことですか？」

「犯人を見つけ出すのは、勝手ですが、逮捕は、警察に委ねて下さい。危険だということもありますが、民間人には、逮捕権がないということは、忘れないで、欲しいのです」

「わかっていますよ」

「本当に、わかっているんですか？」

亀井が、心配そうに、きいた。

「大丈夫。私だって、常識は、持っている」

と、岡田は、いった。

「具体的に、明日は、何処へ行かれるつもりですか？」

と、十津川が、きく。

「まず、鳥取を回って、三朝温泉へ行ってみたいと思っています」

と、岡田は、いった。

「なぜ、鳥取と、三朝ですか？」

亀井が、きいた。

岡田は、ポケットから、ポケット版の山陰の地図を取り出して、

「北野は、宝石を、売り歩いていたと思われるのです。表向き、文学碑などの拓本をとるということにしてです。城崎の次の大きな町というと、鳥取です。だから、北野も、この城崎の次は、鳥取を通ったと思うのです」

「三朝温泉というのは？」

と、亀井が、更に、きく。

「北野は、山陰の入口に、城崎を選んでいます。城崎の町というより、城崎温泉なのではないか。そう考えると、温泉のホテルや、旅館が、宝石を売りやすかったのではないか。また、観光客の中に、金持ちがいて、温泉に入って、いい気になっている。あるいは、芸者か、コンパニオンと遊んで、気が大きくなっている。そんな客に狙いをつけていたのかも知れません。そうだとすると、鳥取の近くにある三朝温泉の方に、北野は、行っている可能性が強いんですよ」

「なるほど」

「とにかく、私は、明日、ここを出発して、三朝温泉の旅館に、一泊するつもりでいます」

と、岡田は、いった。

3

翌日。

午前十時に、岡田は、旅館を出発した。タクシーを呼んでもらい、まず、鳥取に向った。山越して、あとは、海沿いの道路を、走る。暖かい日で、山陰とは、思えなかった。海も、穏やかである。

道路は、曲がりくねりながら、海沿いに伸びる。

ところどころ、小さな砂浜が現われ、岡田には、絶好の海水浴場に見えるのだが、人の姿はなく、ひっそりとしている。


「夏になると、海水浴客が、車でやって来ますが、夏以外は、全く、人が来ませんね」

と、地元の運転手がいう。

「すると、この辺りの家は、夏だけ、民宿をやるわけか」

岡田は、海岸の家じゅうに民宿の看板を見つけて、きいた。

「一時、どの家も、民宿を始めましたがね。そのうちにやめる家が多くなりました」

「どうしてかな？」

「お客の方が、ぜいたくになってくるんですよ。最初は、民家に、一緒に、寝泊まりすることで、満足しているんですが、その中に、個室が欲しいとか、ひとりで、風呂に入りたいとか、要求が出てくるんです。そうなると、家の改造をしなければならない。金が、かかります。それで、ペイするだけの客が来ればいいんですが、駅から遠い浜では、いくら、海がきれいでも、そんなに沢山の客は来ませんからね。皮肉なことに、きれいな浜ほど、駅から遠いし、車で来るのも、大変なんですよ」

と、運転手は、いった。

彼も、小さな浜の近くの生れで、民宿を始めたのだが、上手(うま)くいかず、今は、タクシーの運転手になっているのだという。

なるほど、山陰本線が、近くを走っているのだが、単線で、駅は、ほとんど、無人駅だ。

それに、タクシーで走っている間、列車は、全く、見えない。一時間に、二、三列車ぐらいしか、走っていないのだろう。

急に、松葉ガニの看板が、眼につき始めた。どこもかしこも、松葉ガニのオンパレードである。旅館も、食堂も、松葉ガニを食べさせるという。

松葉ガニの水揚港として有名な香住(かすみ)が、近づいたからである。

大きな市場もあった。朝は、カニや魚を買いに、人々が、大型バスで、やってくるという。

タクシーは、このあと、高架で知られる余部(あまるべ)鉄橋の下を通った。

強風で、列車が、鉄橋から落下し、下のカニ工場に、激突し、死傷者が出た。その霊を慰めるため、鉄橋の真下には、観音像が、立てられていた。

更に、国道178号線を西に進むと、右側に、砂丘の端が、見えてきた。

「砂丘をごらんになりますか?」

と、運転手が、きく。

「いや、まっすぐ、三朝温泉に行って下さい」

岡田が、いうと、運転手は、「え？」という顔をした。

わざわざ、鳥取まで来て、砂丘に興味を示さない岡田を、妙な客だと、思ったらしい。

それだけ、鳥取というと、砂丘なのだろう。

少し、車に疲れたので、開いている喫茶店を見つけて休むことにしたが、その店の名前が、「砂丘」であった。

三十分ほど休んでから、再び、タクシーで、三朝温泉に向う。

倉吉の町に入った。そばで有名だと聞いていたので、ここで、岡田は、昼食に、手打ちの土蔵そばを食べた。

もし、北野が、鳥取から、三朝温泉に廻ったとすれば、この辺りで、そばを食べているかも知れない。

岡田は、店の女店員の一人に、新聞にのった北野の写真を見せた。

「去年か、一昨年、この人が、ここに、寄らなかったかね？　宝石のセールスマンなんだが」

と、いうと、その若い女店員は、

「ああ、来ましたよ。あたし、宝石を買わないかって、すすめられたんです」

と、微笑した。

「それは、いつだね？」

「去年の今頃でした。バッグから、ケースに入った宝石を出して、見せてくれたんです。市価より安かったけど、あたしには買えなかったから、要らないといいました。なんでも、東京の大きな宝石店で、外商をやっているんだといってましたわ」

「君が、断ったら、彼は、どうしたね？」

「それじゃあ、これから、三朝温泉に行って、芸者さんにでも売ろうかなって。パトロンがいる芸者なら、買ってくれるだろうといってました。だから、三朝温泉へいったんじゃありません？」

と、彼女は、いった。

彼女は、まだ、北野が死んだことは、知らないらしかった。それを、別に、告げることもないと思い、岡田は、黙って、店を出た。

タクシーに再び乗り、岡田は、三朝温泉に、急いだ。三朝（三徳）川の土手の道に来ると、桜並木に入った。

今が、さくらの満開だった。

前方に大きなホテルが、何軒か見えてきた。

ラジウム温泉として有名なだけに、山間（やまあい）の温泉町にしては、巨大ホテルが点在している。

電話で予約しておいた、Ｙホテルは、川の上流の方にあった。

フロントに、一応、宿泊手続きをすませてから、岡田は、ここでも、新聞の北野の写真を見せた。

さすがに、このフロントは、北野が、城崎で殺されたニュースを知っていた。

「確か、去年の今頃、うちへお泊りになった方です」

と、フロント係は、いう。

岡田が頼むと、マネージャーが出て来て、去年四月の宿泊者名簿を見せてくれた。どうやら、岡田を、警察の人間と、思ったらしい。

間違いなく、去年の四月三日、四日、五日と、このＹホテルに、泊っていた。

「一人で、泊っていますね」

「ええ、おひとりで、お泊りでした」

「宝石のセールスで、山陰を廻っていると、いっていませんでしたか？」

「それは、芸者が、よく知っていると思いますよ。ここの美千代という芸者が、宝石をすすめられたって、いっていましたから」

と、マネージャーは、いう。

「今夜、その芸者さんを呼んでもらえないかな」

と、岡田は、いった。

「電話しておきましょう」

「それから、部屋に来てもらいたい」

と、岡田は、頼んだ。

案内された部屋は、三朝川に面した五階の部屋だった。

窓を開け、煙草をくわえて、外に眼をやった。三朝川の川面が、輝いて見える。川幅は広いが、底の見える浅さだった。

水はきれいで、アユが解禁になると、釣人が押しかけてくるというのが、肯ける。

窓から、川下に眼をやると、橋の反対側のたもとのところに、露天風呂が見えた。簡単なヨシズが張ってあるが、丸見えに近い。

それでも、土地の人らしい男が二人、のんびりと、湯に浸っていた。橋をわたって来た観光客らしい数人のグループが、立ち止って、見ている。
五、六分して、四十歳くらいの仲居が、入って来た。
「マネージャーさんにいわれて来たんですけ

ど」

　と、いう。

「ああ、去年、ここに泊った北野という客のことを覚えている人だね？」

　岡田は、テーブルに向って座ると、彼女に、きいた。

「ええ。あのお客さんが、城崎で亡くなったと聞いて、びっくりしています」

「この部屋に、泊ったと聞いたんだが」

「ええ。この部屋でした」

「三日間とも？」

「ええ」

「君にも、宝石をすすめたかね？」

「ええ。ケースに入った沢山の宝石を見せられて、安くしておくから買わないかといわれましたわ」

「それで、買ったの？」

「いいえ。とても、私なんかには、手が出ませんもの」

　と、その仲居は、笑った。

「ここの芸者に、すすめたと聞いたんだが」

「パトロンがいて、景気のいい芸者はいないかって、聞かれたんですよ。今は、不景気で、芸者さんも、苦労しているといったら、一人ぐらいは、いいパトロンのついてる芸者がいるだろうといわれて」

「それで、美千代さんを、紹介したのかね？」

「ええ。美千代さんは、若くて美人で、パトロンがついているのは、聞いてましたから」

「それで、彼は、宝石を売ることに成功したのかね？」

　岡田がきくと、なぜか、仲居は、急に、顔を

こわばらせて、

「私には、そういうことは、わかりません」

と、そっけない調子で、いった。

何か変だなと思ったが、これは、美千代という芸者に会った時に、本人から聞けばいいと考え、

「北野は、ここに、三日間、泊っていたんだね？」

と、念を押した。

「はい。三日間、お泊りでした」

仲居は、柔らかな表情に戻って、肯いた。

「ここから、露天風呂が見えるんだけど、彼も、見ていたのかな？」

「見ていらっしゃいました。私に、女性は入らないみたいだなって、おっしゃるんで、女性は、やはり、恥しいから、夜にならなければ、入りに来ませんわって、いいました」

「彼は、二日間、この三朝の町を、見て廻っていたみたいかね？」

「お昼を食べに、外出なさっていましたわ。このホテルで、自転車を借りて、いらっしゃいました」

「自転車でね」

「はい」

「彼を訪ねて来た人はいなかった？」

「それは、いらっしゃいませんでした。外で、お会いになったかどうかは、知りませんけど」

と、仲居は、いった。

別に、おかしいところは感じられない。ホテルや旅館に泊って、昼食を食べに、外出するのは、よくあることだし、車でなく、自転車で外出するというのも、小さな温泉町であることを

考えれば、妥当なところだろう。

「彼は、拓本のことを、いっていなかったかね？」

「拓本ですか？」

「文学碑や、句碑に書かれた文字を、墨などを使って、和紙に写し取るんだ」

「ああ」

と、仲居は、肯いてから、

「そういえば、宝石のセールスが仕事だが、地方の文学碑なんかを見て廻るのが好きだと、おっしゃってましたよ」

（趣味か）

それが、嵩（こう）じて、アルバイトにしていたのだろうか。それとも、全くの嘘だったのか。

その日、夕食の時に、美千代という芸者が来てくれた。

背の高い、現代的な美人だった。年齢は、三十歳くらいだろう。

それが、和服に、島田のかつらという姿で、やって来た。島田が、現代風な顔に、奇妙に似合っている。現代の芸者という感じなのだ。

杯（さかずき）をあげ、まず、山陰を代表する貝殻節を、踊ってもらってから、北野のことを、聞いてみた。

「ええ。去年、お座敷に呼ばれて、宝石をすすめられたわ」

と、いう。

「それで、買ったの？」

「いいえ」

「少し高かったのかな？」

「パパが、亡くなっちゃったから」

美千代は、怒ったような声を出した。

「パパって、君のパトロンか？」

「まあねえ」

「じゃあ、最初は、買ってくれそうだったということなの？」

と、岡田は、きいた。

「ええ。百万円で、きれいなルビーの指輪があったの。あたしは、ダイヤなんかより、ルビーが好きだから、見た次の日に、パパに買ってって、いったのよ。そしたら、いいだろうと、いってくれたんだけど、肝心のその日の夕方、急に亡くなっちゃったのよ」

「病死――？」

「いいえ。事故」

「どんな事故？」

「そんなこと、いいたくないわ」

美千代は、固い表情で、いった。

「その人を好きだったんだ？」

岡田が、いうと、美千代は、

「別に、好きでも、嫌いでも、なかったわ。もう六十歳のお爺さんだったしね。ただ、お金持ちで、優しかったから――」

「それなら、どんな事故だったか、教えてくれてもいいんじゃないのかね？」

「でも、話したくないの」

美千代は、相変らず、固い表情を崩さない。

「北野だけど、城崎で死んだことは、知ってるかな？　殺されたんだが」

と、岡田がいうと、美千代は、いよいよ、険しい表情になって、

「あたしには、関係ないわ」

「確かに、そうなんだがね」

「お客さん、警察の人？」

「いや。ただ、亡くなった北野とは、ちょっとした知り合いでね。それで、彼のことを、いろいろと調べているんだが」

「いっておきますけど、あたしは、北野という人のこと、何も知りませんよ。たまたま、宝石をすすめられただけで、それも、買わなかったんだから」

「何を怒っているの？」

「別に、怒ってやしません」

美千代は、窓の方に目を向け、煙草を取り出して、火をつけた。

そのまま、立ち上ると、窓を開けて、外を見ている。

岡田は、美千代の傍に行き、一緒に、窓の外に、眼をやった。

「北野は、ここから、あの露天風呂をよく見ていたらしい。たぶん君みたいな美人が、入りに来るのを期待していたんだろうがね」

ちょっと、彼女の機嫌をとるようないい方をした。

それでも、彼女は、外の夜景に眼をやったまま、押し黙っていた。

美千代が帰ったあと、岡田は、少し考えて、ここの女将を、部屋に、呼んだ。

五十五、六歳の小太りの女将は、変に気を廻して、

「美千代さんが、何か、お客さんを怒らせるようなことを致しましたか？」

と、きく。

「いや、そうじゃないんだ。彼女のパトロンのことなんだけど、去年、事故で亡くなったんだってね？」

「ええ。それが、何か？」

「地元の人みたいだね？」

「ええ。大内さんといって、県会議員さんですよ。議長をやっていて」

「じゃあ、地元の名士なんだ？」

「そうですわ。鳥取で、大きな海産物の会社をやっている社長さんです」

「その大内さんが、どんな事故で、亡くなったのかね？」

「大内さんは、この三朝の町にも、支店を出しているんですよ。去年のあの日、そこに来ていて、夜、酔っ払って、三朝川の傍を歩いて、川に落ちたんです」

「しかし、川底が見えるくらい浅いがね」

「去年の今頃は、雨が多くて、水量が多かったんです」

「県議会の議長までやっていた人なんだろう？　そんな人が、酔っ払って、川に落ちて、死ぬかねえ」

「お酒が好きで、前にも、酔って事故を起こしたことがあるんですよ。その時は、何ともありませんでしたけどね」

「ここの警察は、簡単に、事故死と考えたのかね？」

岡田がきくと、女将は、首を横に振って、

「そうじゃありません。最初は、誰かに、突き落されたのかも知れないというので、警察も、ずいぶん、調べてました。美千代さんも、動機があるというので、いろいろと、警察に呼ばれて、事情聴取をされたみたいですよ」

それで、美千代は、去年の事故のことを、話したがらなかったのかと、合点が、いった。

ここの仲居も、同じ理由で、口がかたかったのか。

「しかし、今は、事故死と決まって、警察も調べていないんだろう？」

岡田が、きくと、女将は、「ええ」と、肯いたが、急に、声を落として、

「それでも、まだ、あれは、殺されたんだという噂はあるんです」

「そんなに、大内さんというのは、いろいろと、ある人なの？」

と、岡田は、きいた。

「ほめる人もいるけど、悪くいう人もいる。そういう人でしたから」

「つまり、敵も多かったっていうことか？」

「ええ」

「殺人の可能性があったとすると、北野も、疑われたんじゃないのかね？」

と、岡田は、きいてみた。

「ええ。あの人も、警察に、事情を聞かれてましたよ。でも、宝石を売ろうとしている人が、せっかく、買ってくれようとする大事な人を、殺すはずがないでしょう？　それで、すぐ、疑いが晴れたんですよ」

と、女将は、いった。

「北野がすすめた百万円のルビーだけど、本当に、買うことになっていたの？」

「ええ。美千代さんが、大内さんに頼んで、買ってもらえるって、大喜びしてましたものね。大内さんは、その頃、美千代さんのいうことなら、たいてい、いいよって、いってましたから」

と、女将は、いう。

「少し、整理したいんだけど、北野は、去年の

四月三日に、このホテルにチェック・インしたんだね」

「ええ。午後二時頃だったと思いますよ」

「その日、彼は、芸者の美千代を呼んで、百万円のルビーをすすめた？」

「ええ」

「彼女は、翌四日、パトロンの大内さんに、買ってくれといい、大内さんは、いいよと、いった？」

「ええ」

「大内さんは、いつ、百万円を、北野に払う気だったんだろう？」

「美千代さんの話だと、四日の夜、一緒に、ここへ来て、買ってくれるということだったみたいですよ。そしたら、その夜、大内さんは、酔っ払って、三朝川に落ちて、死んでしまったんです」

「夜の何時頃、ここへ来て、ルビーを買うことになっていたんだろう？」

「そこまで詳しいことは、知りませんけど、大内さんは、忙しい人だから、時間があいたらということになっていたんじゃありません？」

と、女将は、いった。

「この辺の地方新聞というと、どんなのがあるんだろう？」

「うちは、デイリー山陰をとっていますけど」

「この三朝に、支局はある？」

「ええ。川向うに、確か、三朝支局がありますけど、何をなさるんですか？」

「その時の、新聞記事を見たいと思ってね」

と、岡田は、いった。

4

翌日、朝食をすませたあと、ホテルで、自転車を借りて、岡田は、外出した。

ホテルの傍に、三朝川にかかる三朝橋が、かかっている。コンクリートの近代的な橋だが、四角い屋形風の飾りがついていて、陽が落ちると、それに、灯がつくようになっている。

橋を渡ったところに、部屋から見えた露天風呂がある。簡単なヨシズが張ってあるだけだが、こんな朝早くでも、中年の男性が、ひとりで、のんびりと、湯に浸っていた。

デイリー山陰の三朝支局は、すぐ、わかった。入ってみると、四人ばかりの男女が、働いている。

岡田は、まず、その一人に名刺を渡し、城崎で殺された北野の友人であることを話した。

狭い支局内に、辛うじて三畳ほどの客間があって、そこに、安物の応接セットが置かれている。日高という支局長が、そこへ、岡田を案内した。

「北野さんというと、去年、この三朝でも、ちょっとしたことがありましてねえ」

と、日高は、いった。

「私も、それで、三朝へ来たんです。去年、彼が、ここで、何をしたか、知りたくて」

「彼は、宝石を売りに来ていたんです」

「そうみたいですねえ」

「――君」

と、日高は、若い記者を呼び、去年の四月の新聞の束を持って来させた。

その四月五日の朝刊を広げて、

「ここに、事件が出ています」

と、岡田に、示した。

朝刊の社会面に、鳥取県議会の大内議長の死が、大きく、報じられている。

〈警察は、他殺、事故死の両面から捜査中〉

という字もあった。

大内の顔写真も、大きくのっている。

この事件が、三朝では、大事件だったことがわかる大きな扱いだった。

大内は、丸顔で、眼鏡をかけている。髪はややうすいが、六十歳にしては、若い感じだった。

三朝の生れで、鳥取の大学を卒業し、父親が始めた大内物産を大きくし、四十歳で、県議となり、ここ二期、議長を務めているとある。

「三朝では、名士だと聞いたんですが？」

と、岡田は、新聞の記事に眼を落したまま、きいた。

「ええ。資産家だし、何といっても、県議会の議長ですからね」

「いろいろと、良い噂も、悪い噂もあることも、聞きましたが」

岡田が、眼をあげて、きくと、日高は、苦笑して、

「そうなんですよ。酒の上でのトラブルもあったし、女にも手が早くて、亡くなってから、彼の子供だというのが、何人も出て来ましてね」

「しかし、最近は、美千代という芸者に、夢中だったとか」

「ええ。彼女に、クラブもやらせていましたよ。この前の通りを行くと、『夜光虫』というクラブがあるんですが、その店です。東京なんかのクラブに比べると、チャチなものですが、それ

でも、一応、ナイトクラブということになっています」

「しかし、美千代さんは、芸者もやってるんだから、忙しくて、大変でしょう？」

「だから、たいていママはいないんです。美千代が、お座敷に出て、そのお客を、クラブに連れていくことが多いんじゃないかな。それに、最近は、芸者を呼ぶお客が少なくなったので、芸者の中には、ヒマな時に、そのクラブで、アルバイトで働いている者もいますよ」

と、日高は、いった。

「この記事では、他殺とも、事故死ともわからない書き方になっていますが」

「ええ。敵の多い人だったから、最初は、てっきり、殺されたんだと思ってましたよ。警察も、他殺の線で、調べていたんです」

「それで、北野も事情聴取を受けたんですね」

「全部で、二十五、六人が、事情聴取を受けたんじゃないかなあ。一時、大さわぎでしたよ。もちろん、鳥取市内の大内物産本社の関係者も、調べられました」

「しかし、今は、警察も、事故死ということで、決着がついているんですね？」

「一応はね。今でも、くすぶってるんです。あれは、殺されたんだという声があるんです」

「それは、家族が、納得していないということなんですかね？」

岡田がきくと、日高は、

「と、いうよりも、大内さんの不徳のせいじゃないのかなあ。とにかく、あの男なら、殺されて、当り前だという陰口が、絶えないんですよ」

「そんなことをいう人もいるんですか」

「特に、県議会の議長になってからの評判が、悪かったですねえ。二期、務める間に、議員を金で買収したりして、着々と、力を強めてきましてね。市長も、大内さんには、頭が上らなくなっていましたね。その力を、商売の方にも利用していたわけです」

「しかし、良い評判もあったわけでしょう？」

「ええ。清濁合せ呑むというやつで、昔の政治家の典型みたいなものです。つまり、味方にすると頼もしいが、敵に廻すと怖いというやつです。この三朝が好きで、ずいぶん、いろいろと、寄付したりしているんです。亡くなって、一年たった今、彼の銅像を、この三朝に建てようという声もあるんです」

「北野が、一年前、芸者の美千代に、百万円のルビーの指輪をすすめたことは、知っていましたか？」

岡田が、きくと、日高は、笑って、

「五日の夕刊に、ちゃんと、記事にしましたよ。美千代が、べらべら、喋ってくれましたからね」

と、いった。

なるほど、夕刊には、そのことが、のっていた。

〈大内さんが亡くなって、ルビーの指輪が、駄目になったと、芸者のMさん泣く〉

と、ちょっと、からかい気味の見出しになっている。

「だから、北野さんへの事情聴取も、簡単なものでしたよ」

日高が、いう。

「殺す動機がないということですね」

「そうなんです。せっかく、百万円のルビーが売れるところが、ふいになった。殺す動機は、全くないということです」

「美千代は、大事なスポンサーを失ったわけですが、今は、どうしているんでしょうか？」

岡田が、きくと、日高は、笑って、

「ちゃんと、新しいスポンサーを見つけていますよ。大内さんが亡くなって、それまでの副議長が、議長になったんですが、その山根五郎という人です」

「その人も、資産家ですか？」

「鳥取で、MMというサラリーローンの会社をやっている人です。大内さんほど有名じゃありませんが、金は、持っているんじゃないですか。今年のMMの広告に、美千代が出ています。女は、強いですよ」

日高は、また、笑った。

「そういえば、鳥取で、それらしい広告を見た記憶がありますよ。MMという大きな字が、並んでいた」

「そうでしょう。今、銀行が、貸ししぶりをするから、ああいうサラリーローンが、栄えるんです」

と、日高は、渋面を作って見せた。

岡田は、四月五日の朝刊と、夕刊の記事を、コピーしてもらい、それを貰って、支局を出た。

そのあと、すぐ、ホテルには戻らず、自転車で、三朝の町を、見て廻ることにした。死んだ北野も、自転車で、温泉街を見物したと聞いたからである。

支局で貰った観光地図を見て、岡田は、まず、さまざまな文学碑のあるリバーサイドプロムナードへ行ってみた。

北野も、そこへ行ったに違いないと、思ったからである。

自転車をおりて、歩く。

最初に、出会ったのは、川を見下す岩の上に立てられた、野口雨情の「三朝小唄の碑」だった。

泣いてわかれりゃ空までくもる
　くもりゃ三朝が雨となる

と、石に刻まれている。

その近くには、与謝野鉄幹・晶子の歌碑、三朝節（野口雨情）の碑、それに、与謝野晶子の歌碑があった。

北野は、殺された時、バッグの中に、拓本の道具を入れていた。

最初、岡田は、それを、何かのカムフラージュだろうと、思っていた。

だが、今は、北野が、山陰の文学碑や、歌碑を見て廻っていたに違いないと思うようになっている。拓本をとっていたかどうかは、わからないが、見ることを、楽しみにしていたのだと思う。

この三朝温泉に来たのも、芸者に、宝石を売りつけることが目的の第一だったとしても、昔から、この温泉が、文人に愛され、与謝野鉄幹夫妻や、野口雨情の碑があることも、魅かれる理由の一つだったに違いない。

城崎を、何回も、訪ねているのもである。

城崎も、志賀直哉をはじめ、多くの文人墨客に愛されてきた。

岡田の聞いた限りでも、城崎には、島崎藤村、志賀直哉、与謝野晶子、吉井勇、松尾芭蕉など、二十の文学碑があるという。

北野は、毎年、城崎を訪れる度に、その碑を見て歩いたのではないか。

この、三朝でもである。

なぜか、北野が死に、彼の足取りを追って、城崎から、三朝へと、やって来てみると、それは、想像から、確信に近くなっていくのである。

理由は、岡田自身にもわからない。ただ、ここにいると、野口雨情の碑の前に立ち、「泣いてわかれりゃ空までくもる。くもりゃ三朝が雨となる」と呟いている北野の姿が、浮んでくるのである。

北野は、宝石のセールスをして、山陰を廻っていた。

新宿のジュエリー広瀬の名刺を持っていたが、その店は、北野など知らないと、いっている。うさん臭いのだ。北野は、有名宝石店の名前を使い、傷ものの宝石を、高く売りつけて歩いていたのではないのか。

それも、何年もである。

だからこそ、逆に、文学碑や、歌碑を見て廻り、それと向い合う形で、汚れた心が、洗われたような気分になっていたのではないのか。

もちろん、これは、岡田の勝手な想像である。そう考えてみると、山陰には、意外に、そうした石碑が多いのだ。

岡田は、町の中心に戻り、そこで昼食にカニ料理を食べてから、ホテルに戻った。

仲居を呼んで、もう一度、北野について、聞いてみた。

「実際には、ここに、何日いたの？」

「二日間のご予定だったんですけど、事件が起きてしまって、警察から、いろいろ聞かれたりして、三日間、四月六日まで、お泊りでした。最後の一日分の宿泊費は、警察が払ったみたいですよ」

と、仲居は、いった。

「六日に、チェック・アウトして、まっすぐ、東京に帰ったんだろうか?」

「そうじゃないみたいですよ。ここで、宝石を売り損なったから、松江の方まで、足を延ばすと、いってました。あの辺の温泉に行くって」

「松江の辺りの温泉?」

「ええ。皆生か、玉造のどちらかへ行ってみようと、おっしゃってましたよ。きっと、向うでも、お金を持っている芸者さんに、売りつける気だったんじゃありませんか」

と、仲居は、いった。

(やっぱりだ)

と、岡田は、思った。

北野は、山陰の海岸を、旅したかったのだ。もちろん、表向きの仕事は、宝石を売ることだったろう。だが、彼の本当の気持は、文学や、詩や、歌の旅をすることだったのではないか。

松江周辺は、日本の古代、出雲風土記の歴史の土地である。そして、ラフカディオ・ハーンの土地でもある。宍道湖は、他の文学者たちにも、愛されたはずだ。

岡田は、自分の部屋に戻ると、山陰の観光案内を開き、皆生温泉と、玉造温泉の二つにあるホテル、旅館に、片っ端から、電話をかけ、去年の四月六日に、北野敬という青年が泊らなかったかどうか、聞いてみた。

後である。

皆生温泉では、五十軒近いホテル、旅館にかけたのだが、どこも、北野敬という男は、泊らなかったと、いった。

次に、玉造温泉に電話した。

七軒目の清流館という旅館で、反応があった。

去年の四月六日に、北野敬という客が、泊ったというのである。

岡田は、その旅館を、予約してから、翌日、三朝温泉を出発した。

昨日は、先を急いだので、タクシーを使ったが、この後、何処まで行くことになるかわからない。倹約する必要があった。

そこで、バスで、倉吉に出て、倉吉駅から、山陰本線に乗ることにした。

倉吉一〇時二一分発の快速「とっとりライナー」に乗る。玉造温泉駅に着くのは、一時間半

第三章　松　江

1

ＪＲ玉造温泉駅から、タクシーで、五分で、玉造温泉に着く。

玉湯川の両岸に並ぶ温泉街は、どこか、三朝温泉に似ている。と、いっても、日本の温泉街というのは、たいてい、山間にあって、川の両側に、広がっているものでもある。

岡田は、観光案内に、ざっと、眼を通した。

この温泉は、出雲風土記にも出てくる、古くからの温泉で、別名、美人の湯とも呼ばれているとあった。

大きなホテルが多いところも、三朝に似ている。経済性を考えると、どうしても、大型化してしまうのだろうか。

清流館も、そんなホテルの一つだった。

チェック・インしてから、茶菓子を運んできた仲居に、北野のことを聞いてみた。

去年の四月六日と、七日の二日間、泊ったという。

「夕食のあと、芸者を呼んだんじゃないの？」

「ええ。小鶴さんを、お呼びになりましたよ。ここでは一番の売れっ子の芸者さんです。声が良くて、民謡大会で、優勝したことがあるんです」

と、仲居は、いう。

「その芸者を呼んでもらいたいね」

と、岡田は、いった。

温泉に入り、七時からの夕食の席に、小鶴が、来てくれた。
三十五、六歳の、痩せぎすな女だった。藤色の着物が似合っている。
「民謡が上手(うま)いんだってね」

と、岡田が、いうと、小鶴は、笑って、

「誰に聞いたんです？」

「北野という人」

「北野さん？」

「去年、ここへ来て、君を呼んだ筈だよ。宝石を見せたんじゃないかな？」

「ああ、あのお客さん」

と、いう。どうやら、北野が殺されたことは、知らないようだった。

「やっぱり、宝石を見せたんだね？」

「ええ。素敵なエメラルドの指輪があったの。深いグリーンで、見ていると、吸い込まれそう」

「高いんだろう？」

「普通に買えば、五百万はすると思うんだけど、それを、半額でいいというのよ」

「それで、買ったの？」

「買える筈だったんだけど――」

「旦那が買ってくれる筈だったんだ？」

「そうなの」

「君の旦那って、どんな人かな？」

「松江のお医者さん」

「なるほどね」

「それだけじゃないのよ。小泉八雲の研究家で、何冊も本を出してるわ。それに、貝殻節保存会の会長さん」

「そうか。ここも、貝殻節なんだ」

「ええ。そうですよ」

「それで、そのお医者さんは、どうして、気が変ったんだ？」

「買ってくれる筈の日に、亡くなっちゃったの。口惜しいったらなかったわ」

（似たような話があるものだな）

と、岡田は、思った。

「病気で、死んだのか？」

「それなら、まだ、諦めようもあるんだけど、聞いてくれます？」

「ああ、聞きたいね」

岡田は、渡りに舟で、先を促した。

「エメラルドを買ってくれることになって、翌日、北野さんを入れて、三人で、会うことになったのよ。場所は宍道湖の傍の料亭。夜の八時に、集ることに決って、私と、北野さんは、先に着いて、中平さんを、待ったの」

「中平というのが、そのお医者さんなんだね」

「ええ。中平さんが来て、小切手を切ってくれることになったのよ。彼の家は、億万長者だから、二、三百万のお金なんか、たいしたことが、ないのよ。それが、約束の八時になっても、現われないじゃないの。仕方なく、私と、北野さんで、お酒を呑みながら、待ってたわ。いつもなら、すぐ酔っちゃうんだけど、あの日は、酔えないの。その中に、十時を過ぎちゃって、私は、中平さんの家に電話したら、とっくに、出ているというのよ」

「それで、どうなったの？」

「その夜おそくなって、中平さんが、宍道湖で、水死体で見つかったの。中平さん、自宅から、料亭まで近いものだから、ぶらぶら、歩いて来たのね。少し酔ってたっていうけど、はっきりしないの。湖岸を歩いていて、湖に落ちたって、警察は、いうんだけど」

「君は、信用しなかったのか？」

「ええ。でも、死んだんだから、仕方がないわ。あの日は、寒かったから、お酒を呑んで、湖岸の遊歩道を歩いていた。それで、足を滑らせて、湖に落ちたんだろうと、警察は、いったわ」

「殺されたと、考えた人は、いなかったのかな？」

「でも、小切手帳も、財布も盗まれていなかったから、物盗りの犯行とも思えないし、結局、事故死ということになってしまったのよ」

「君は、大切な旦那を失ったというわけか？」

「ええ。それだけじゃないの」

と、小鶴は、いう。

「ああ、エメラルドが、手に入らなかったか」

「そんな小さなことじゃないわ」

「もっと、大きなことって？」

「中平さんの奥さんが、一ヶ月前に病気で亡くなってたのよ」

「そうか。君は、後妻に入るチャンスだったんだ？」

「そうなのよ。中平病院の院長夫人になりそこなったわ」

小鶴は、いって、笑った。

「そりゃあ、残念だったね」

「でも、考えようで、芸者をしている方が気楽かも知れない」

「そりゃあ、気楽だよ」

「ああ、地方さん連れてくれれば良かった。貝殻節でも、唄うのに」

　小鶴が、急に、話を変えて、いった。

「別に、三味線がなくたって、いいじゃないか。手拍子くらいやれるよ」

　と、岡田は、いった。

「その前に、一杯呑ませて」

　小鶴は、杯を差し出した。岡田が、注ぐと、それを、いっきに呑み干してから、居ずまいを正して、

　何の因果で
　　貝殻漕ぎなろうた

　と、唄い出した。

　声量のある、いい声で、さすがに、民謡大会で優勝しただけのことはあると思った。

　岡田は、柱に背をもたせ、酒を呑みながら、陶然とした気分で、小鶴の唄を聞いていた。

　午後九時に、小鶴が帰り、仲居が、後片付けに入ってきた。

「小鶴というのは、いい声をしているね」

　岡田は、煙草に火をつけ、テーブルの上を片付けている仲居に、いった。

「そうでしょう。お客さんは、みんな賞めますよ」

「旦那が、去年の四月に、亡くなったんだってね。エメラルドの指輪を、買ってもらえる筈だったのにって、口惜しがってたな」

　岡田が、いうと、仲居は、「そうなんですよ」

　と、膝を乗り出してきた。

「その上、小鶴姐さん、院長夫人になり損ねて

――」

「それも聞いたよ。中平さんというお医者さんだったんだってね」

「ええ、松江の名士でしたよ」

「湖に落ちて、溺死するなんて、ちょっと、信じられないんだが、殺されたんじゃないかという話は、なかったの？」

「ありましたよ。警察も、その疑いで、調べたみたいでした。何しろ、中平さんといえば、名士で、資産家だったから」

「大変な遺産だったらしいね」

「二十億とか、三十億とか、聞いていますよ」

「その上、一ヶ月前に、奥さんが、亡くなっていたんだろう？」

「そうなんです。それで、小鶴姐さんが、後妻に入るんじゃないかって、いわれたり、息子夫婦が、それに、猛反対だという話があったりで」

「莫大な財産をめぐっての殺人ということだって、あり得ると、思うんだが――」

「ええ。警察も、最初、中平さんが、殺されたのなら、動機は、莫大な財産と考えたみたいですよ。でも、息子さん夫婦には、ちゃんとしたアリバイがあるし、小鶴姐さんは、中平さんが死んだら、一番損するわけだから、動機がないということで、結局、事故死ということになったんですよ」

「今、中平病院は、どうなってるの？」

「息子さんが、院長になって、盛大にやってますよ。松江では、大きい方の病院ですわ」

と、仲居は、いった。

「北野さんも、宝石を売り損なって、損したわけだね」

「ええ。せっかく、高いエメラルドが売れるとこだったのにと、口惜しがっていましたよ。その上、料亭の支払いまでやって、踏んだり、蹴ったりだって――」

「北野さんは、拓本の趣味もあるんだが、聞かなかったかね？」

と、岡田は、仲居に、きいてみた。

「ええ。聞きましたよ。文学碑の文字を、紙に写しとるやつでしょう。ここに来て、二日目も、松江へ行って、小泉八雲の文学碑を見てくるんだって、出かけられたんですよ」

「二日目というと、中平さんが、死んだ日だね？」

「そうですよ。松江で、文学碑を見てから、お客と待ち合せている料亭に行くといって、夕食はいらないといって、出かけたんです。あれは、五時頃だったと思いますけど」

と、仲居は、いった。

2

仲居が、後片付けをすませ、布団を敷いていったあと、岡田は、籐椅子に腰を下し、もう一度、観光案内に、眼を通した。

松江には、文学碑の他にも、小泉八雲の旧居や、小泉八雲記念館などがある。それに、小鶴のいった湖岸の料亭は、明治時代に出来た店で、小泉八雲や、志賀直哉、島崎藤村、与謝野鉄幹・晶子夫妻などが、しばしば利用した店だとあった。

北野が、松江が好きだった理由が、わかる気がした。

岡田は、翌日、玉造温泉のホテルを出て、松江に、行ってみることにした。

玉造温泉から、バスで、松江市内まで、二十五分。

去年の事件の時、北野は、たぶん、これを利用して、松江へ、行ったのだろう。山陰本線を利用するより、早く着けるからだ。

大きな商売があるので、タクシーを使ったかも知れない。それなら、もっと、早く着ける。

岡田は、宍道湖の湖岸を歩いてみた。

宍道湖は、夕暮れが一番美しいと、小泉八雲もいっているが、その時間には、まだ、間があった。

岡田は、宍道湖大橋を渡り、松江警察署を訪ねることにした。

断られると思ったが、元、警視庁刑事ということで、信用してくれたのか、去年四月の事件を担当した、金本という刑事が、会ってくれた。

五十代の小柄な刑事で、温厚な顔立ちをしている。話し方も、優しかった。

「あの事件は、よく覚えていますよ。いろいろ、ありましたから」

と、金本は、微笑した。

「殺人か、事故死かで、もめたんじゃありませんか？」

「そうなんです。何しろ、被害者の中平さんが、松江の名士でしたからね。それに、死亡情況が、事故死、殺人のどちらともとれましたから」

「中平さんは、午後八時に、湖岸の料亭で、人と会う約束をしていたんでしたね？」

「そうです。料亭『しんじ』です。北野という宝石のセールスマンと、中平さんが、ひいきにしていた小鶴という芸者です。そこで、中平さんは、彼女に、エメラルドを買ってやることになっていました」

「その芸者に、昨夜、会いましたよ」

「美人だったでしょう」

と、金本は、微笑した。

「二人は、料亭で待っていたが、中平さんは、なかなか、現われなかった。その時、彼は、宍道湖で、死んでいたんですね」

「そうです」

「死亡推定時刻は？」

「四月七日の午後六時から、七時の間です」

「その時間というと、宍道湖に、陽が落ちる頃ですね？」

「よく、ご存知ですね」

「松江の観光案内を見ると、宍道湖は、夕暮れが一番美しいということで、毎月の日没の時間が、出ています。それによると、四月の日没は、午後六時半から、七時になっています」

「あの日は、曇天で、六時半には、もう暗くなっていました」

と、金本は、いった。

「すると、彼が死んだときは、もう、現場は、暗くなっていた可能性が強いわけですね？」

「そうです」

「中平さんは、その時、酔っ払っていたとも聞きましたが？」

「ええ。中平さんは、酒好きでね。ほろ酔いで、湖岸を歩くのが好きだったんです」

金本は、地図を取り出し、中平の邸(やしき)、死んだ場所、そして、料亭「しんじ」の場所を、赤鉛筆で書いてくれた。

「このように、中平さんの邸から、デイトの場所の料亭まで、歩いて、十五、六分の距離なんです。だから、この日、彼は、ぶらぶら、湖岸を、歩いて行ったんだと思います」

「その途中で、湖に落ちて、溺死した？」

「ええ。結局、その結論になりました」

「外傷はなかったんですか？」

「ありましたよ。だから、殺人事件の可能性もあるということで、捜査が行われたんですよ」

「外傷は、湖に落ちたときについたものだろうということになったんですね？」

「そうです」

「殺す動機の持主は、息子夫婦だということも、宿の仲居から聞きましたが」

「そうですよ。小鶴は、中平さんの後妻になれるチャンスがあったんですが、中平さんの死によって、フイになった。だから、仲居が、中平さんは殺されたんで、犯人は、息子夫婦だと思うのも、わかる気がするんですが、息子夫婦には、しっかりしたアリバイがあったんです」

と、金本刑事は、いった。

「どんなアリバイですか？」

「息子さん夫婦は、二人で、俳句をやっていましてね。中平さんも、やりますが、あの日は、夕方から、中平邸で、息子さん夫婦が主催して、句会をやっていたんです。それが終ったのが、午後八時でしたから」

「息子さん夫婦が、途中で、抜けたということは、ないんですか？」

岡田が、きくと、金本は、笑って、

「実は、私も、その句会に出ていたんです。私も、下手なんですが、俳句をやっていまして」

「ああ。あなたも出ておられた。それなら間違いありませんね」

「肝心の息子さん夫婦にアリバイがあるので、犯人は見つからず、殺人の線は、自然に、消えてしまいました」

「よく、似ています」

「何がですか？」

「同じく、去年の四月に、三朝温泉でも、よく似た事件が、起きているんです。売れっ子の芸者のパトロンが、酔って、川に落ちて、死んだんですが、殺人の噂がありながら、結果的に、事故死ということで、決着しています」

「鳥取県の事件ですか」

「そうです」

「確かに、よく似ていますね」

と、金本は、肯いた。が、当惑しているようでもあった。


似た事件が鳥取県であったとしても、一度、事故死で決着したものを、今更、捜査しなおすわけにもいかないと、思うのだろう。

岡田も、三朝温泉の事件にも、北野が関係していたことは、いわなかった。

北野という青年が、殺人事件に関係していたとは、考えたくないのだ。

岡田は、金本に地図を描いてもらい、松江署から歩いてみることにした。

まず、市役所近くにある中平邸に行ってみた。いかにも、古い感じの家屋だった。敷地は、二百坪くらいあるだろう。そこから、五、六分のところに、七階建の中平総合病院があった。

去年の四月七日、夕方、中平は、この邸から、歩いて、出かけたのだろう。

すぐ、宍道湖の湖岸に出る。今度は、有名な嫁ヶ島を右に見ながら、湖岸の遊歩道を歩く。

夕陽の中で、湖面に、シルエットで浮ぶ嫁ヶ島は、よく、宍道湖の写真に出てくる景色だ。

中平が、死体で浮んでいた場所に着く。もちろん、一年たった今は、何の痕跡も残していない。

岡田は、そこに立って、じっと、湖面に眼をやった。

しかし、彼は、湖を見ていなかった。

彼は、考えていた。

(あまりにも、似過ぎている)

と、改めて、思う。

北野は、宝石を売るために、去年の春、山陰を廻っていた。

三朝温泉と、玉造温泉で、全く同じことが起きた。まるで、三題噺なのだ。

芸者

パトロン

宝石

そして、死

しかも、その死は、殺人の疑いが持たれながら、結果として、事故死になった。

(問題は、この二つの事件から、どんな答を見つけ出せるかだ)

その答が見つからないままに、岡田は、また、歩き出した。

更に、十二、三分歩いた所に、料亭「しんじ」があった。明治時代に創業の古い料亭である。

中平は、すぐ、そこまで、来ていたのだ。あと、少し歩けば、三人がこの料亭で会い、エメラルドが、売買されたのに、中平は、死んでしまった。

岡田は、急に、城崎に引き返すことを考えた。

去年の四月に、三朝と、玉造で、二つの殺人が起きた。

と、いうことは、城崎でも同じように、殺人が起きているのではないかと、考えたのだ。

3

岡田は、すぐ、松江駅へ行き、京都行の列車に乗ることにした。

城崎で降りると、北野が泊った小池屋旅館に電話をかけ、今日、泊りたいと、いった。

歩いて、小池屋旅館に着くと、岡田は、女将に、会った。

「もう一度、北野君のことを聞きたくて、戻って来ましたよ」

「北野さんのことは、全部、話しましたけど」

「ええ。彼は、今年を入れて、三回、城崎へ来ているんでしたね？」

「ええ。そうですよ」

「前の二回の時だが、この城崎で、何か事件が起きませんでしたか？」

「事件——ですか？」

「去年のことから聞きましょう。去年の四月に、彼は、この城崎へ来たんでしたね？」

「ええ」

「その頃、城崎で、誰か、死にませんでしたか？」

「そう、ばくぜんといわれてもねえ。毎年、死ぬ人はいますから」

と、女将は苦笑する。

「北野君は、去年のいつ、来たんですか？　正確な日時が知りたいんですよ」

「調べてみます」

と、女将は、いい、去年の宿泊名簿を持って来て、

「四月一日にいらっしゃって、一日、二日と泊って、三日に、お発ちになりましたわ」

と、いう。

三日には、北野は、三朝温泉へ行っているのだ。

「一日と、二日、彼は、どうしていました？」

「毎日、外出していましたよ。人探しをしているみたいなことを、いってましたけど」

「人探し？」

「ええ」

「芸者を呼んで、宝石を売っていたりは、しなかったんですか？」

「私には、買わないかとすすめましたけど、芸者さんや、コンパさんは、呼んでいませんよ」

「本当に？」

「ええ。一昨年は、この町のクラブのママに、宝石をすすめたみたいでしたけど」

「二年前のいつ頃ですか？　やはり、四月頃？」

「いいえ。紅葉の頃だから、十月だったと思いますけどねえ」

と、女将はいい、今度は、二年前の宿泊名簿を出してきた。

「やっぱり、十月二十五日と、二十六日に、北野さんは、泊っていらっしゃいます」

「その時に、クラブのママに、宝石を、すすめたんですか？」

「ええ。駅の近くの『きのさき』というクラブのママさんです。男好きのする顔で、前は、銀座にいたって、聞いてますよ」

「名前は？」

「確か、楠ひろみさん」

「会ってみたいな」

と、岡田が、いうと、女将は、

「もう、いませんよ」

「店は？」

「お店もありませんよ。去年の二月頃だったと思いますけど、店を閉めて、何処かへ引越してしまったんです」

「どうしてだろう？　借金で、首が回らなくなったとか、男のことで、問題を起こして、逃げ出したとか」

「パトロンが、いなくなったんですよ。それで、お金に困ってというのが、本当みたい――」

「パトロンが、いなくなった？　死んだんですか？」

「ええ。急死したんです」

「どんな人です？」

「この先に、グランドホテル『山陰』という九階建の大きなホテルがあるんです」

「名前は、聞いていますよ」

「そのホテルのオーナーで、七十歳の日置さんが、ママのパトロンだったんですよ」

「その社長が、急死した？」

「ええ」

「いつです？」

「二年前の十月頃ですよ」

「北野君が、来ていた十月二十五日か、二十六日じゃありませんか？」

「そうでしたわ」

と、女将は、いう。

(また、似た事件になってきたな)

と、岡田は、思った。

芸者の代りに、クラブのママという違いだけではないのか。

「北野君が、そのママに、宝石をすすめて、ママは、パトロンの日置社長に、買ってくれと、ねだった。その売買の日に、社長が、死んだということじゃないんですか？　彼は、宝石を売り損ない、ママは、パトロンを失う」

「ええ。よく、ご存知ですわね」

女将は、感心したように、岡田を見つめた。

「ただの想像ですよ。日置社長は、どんな風に、死んだんですか？」

と、岡田は、きいた。

「日和山って、知ってます？」

「海岸のあたりで、新しく、水族館が出来たりして、城崎の新しい観光地になったところでしょう？」

「日置社長は、そこに、別荘というか、別邸というのかしら、隠れ家みたいなものを、持ってたんですよ」

「わかりますよ。男は、誰でも、隠れ家を持ちたがるものですからね」

「北野さんが、ママに、高価な宝石をすすめて、結局、その別邸で、支払いをすることになったんですよ。時間を決めて、ママが、北野さんを連れてったんです。もちろん、宝石を持って。そしたら、別邸で、社長さんが、首吊り自殺をしていたんですよ。それで、大騒ぎになって」

「自殺するような理由は、あったんですか？」

と、岡田は、きいた。

「そこまでは、私は、知りませんよ。警察は、殺人かも知れないというんで、ママや、北野さんのことも、調べたらしいですよ。うちにも、刑事さんが、来ましたもの。北野さんの様子を聞きに。でも、ママも、北野さんも、日置社長が、死んでも、トクになるどころか、損をするということで、疑いは晴れたみたいですよ」

「二人の他にも、疑われた人間は、いたんですか？」

「ええ。何人か」

「どんな人間ですか？」

「この城崎で、グランドホテル『山陰』と、ホテル『ニュー・きのさき』が、張り合ってるんですよ。片方が、新館を造ると、もう片方も、建て増しをしたりしてね。社長同士も、張り合っているんです。お客や、板前の取り合いも、激しくて」

「ライバルのホテルか」

「他には、日置社長の家族かしらね。同じ年の奥さんは、社長の女遊びに、苦しんでいたみたいだし、息子さんは、いつまでも、ホテルの運営が、自分の思うようにならないことで、父親の日置社長に、腹を立ててたという噂でしたよ」

「今、グランドホテル『山陰』は、どんな具合なんですか？」

と、岡田は、きいた。

「日置社長は、ワンマンで、何でも、自分で、やっていたでしょう。その社長が、急死して、それも、首吊り自殺となると、いろいろ、嫌な噂が流れてしまって。派手にやってるけど、本当は、財政的に、苦しいらしいとか、奥さんが、夫の浮気に腹を立て殺したんじゃないかとかね。ホテルって、信用第一でしょう。その信用が失くなったんで、最近は、あんまり、うまくいってないみたいですよ」

と、女将は、いった。

「そして、ママは、パトロンを失って、行方不明か」

「ええ。金づるを探しに、東京へ戻ったとか、九州へ行ったとか、噂はあるんですけど、どれが、本当か、わかりません」

女将は、小さく、肩をすくめて見せた。

4

夕食のあと、岡田は、駅前の方に、歩いてみた。

クラブ「きのさき」の建物は、買い手がつかないのか、そのまま、釘付けに、なっていた。ネオンも、こわれたまま、ＫＩＮＯＳＡＫＩのアルファベットを描いている。

岡田は、近くの喫茶店に入り、その店の初老のマスターに、クラブのママのことを聞いてみた。

マスターは、ママの写真を見せてくれた。何回か、飲みにいったことがあり、そのとき、撮ったものだという。

三十二、三歳といったところだろうか。派手な顔で、男好きという感じがする。

「なかなか、魅力的な女性ですね」

と、岡田が、いうと、マスターは、

「そうでしょう」

「この先の大きなホテルの社長が、パトロンだったと、聞いたんですが」

「日置社長ね。ええ。あの社長は、女好きでね。『きのさき』のママの場合は、社長の方が、熱をあげてたみたいですけどね」

「その社長が、なぜ、首吊り自殺なんかしたんですかねえ?」

と、岡田は、きいてみた。

店のオーナーは、首を振って、

「私はね、今だって、あの社長が自殺したなんて、思っていませんよ。いい年をして、女狂いをしていたし、四十過ぎの息子がいるのに、ホテルを、委せられないと、自分が、細かいことまで仕切っていましたからね。そんな男が、自殺なんか、するものかと思いますよ」

「しかし、警察は、自殺と結論づけてしまったんでしょう?」

「動機を持っている人間に、全て、アリバイがありましたからね」

「クラブのママですがね。今、何処で、何しているかわかりませんか?」

「わかりませんね。東京で見かけたって話もあるが、本当かどうかわかりません。第一、楠ひろみという名前も、本名かどうかわからないんです」

「本名かどうかも、わからないんですか?」

「そうなんですよ。いなくなってから、この城崎に、住民票がないこともわかったんです」

「しかし、クラブを開店するのには、住民票が必要だったでしょう?」

「あの店も、パトロンの日置さんが、金を出したんで、彼の名義になっていたんですよ」

クラブには、ホステスが十名、それにマネージャーや、ボーイがいたが、ホステスの中には、ママのことを、アサミさんと、呼んでいた者もいたという。

「そのホステスは、ママの名前は、てっきり、アサミだと、信じていたらしいんです。こういう温泉地には、わけのわからない人間が、いますからね」

と、マスターは、いった。

岡田は、旅館に戻ると、今まで調べたことを、誰かに話したくて、十津川に、電話をかけた。

十津川は、世田谷署の捜査本部に、いた。

「北野敬のことで、何かわかりましたか？」

と、岡田が、きくと、

「それで、弱っているんですよ」

と、十津川は、いう。

「どうしたんですか？」

「北野が、何処に住んでいたか、わからないんです」

「城崎の旅館には、確か、東京の住所が、記入してあったと思いますが」

「それが、でたらめだったんですよ。ジュエリー広瀬に聞いても、うちの人間ではないといわれましてね。そちらの県警からも、北野敬について、調べてくれるように、要請を受けているんですが、こんな具合で、何もわからないのです」

「指紋の照合は？」

「それもやりましたが、前科者カードに、ありません」

「妙な具合ですね」

「そうです。妙な具合です」

「北野敬のことですが、彼は、去年の四月と一昨年の十月にも、山陰へ来てるんですが、その行動がおかしいんです。明日、東京に帰りますから、それを聞いて欲しいんですよ」

「喜んで、伺いますよ」

と、十津川は、いった。

翌日、山陰本線と、新幹線を乗りついで、岡田は、帰京した。

東京駅から、電話をかけ、岡田は、十津川と、新宿の高層ビル内の喫茶店で、会った。

コーヒーを飲みながら、岡田は、三朝と玉造で聞き込んだ話を、十津川に伝えた。

十津川は、強い関心を示した。

「面白いですよ」

と、十津川は、いった。

「北野が絡んで死人が三人出ているんです。それも、三人とも、ほぼ、同じ情況下で、死んでいるんです」

「そして、最終的には、事故死と、自殺ということになったんですね」

「そうなんです。容疑者には、全員、アリバイがあったということで、殺人の可能性は、消えていったということです」

「北野敬は？」

「彼には、動機がないということで、除外されています」

と、岡田は、いった。

「そこが、面白いというか、興味があるというか――」

十津川は、そんないい方をした。

「どんな風に、面白いんです？」

「三つの事件は、城崎、三朝、玉造で起きています。玉造の場合は、正確には、松江ですかね。

それぞれ、兵庫、鳥取、島根と、別々の県で起きています。当然、別々の県警が、捜査することになる」

「ええ。そうです」

「岡田さんだって、各県警には、縄張りがあることはご存知でしょう。当然、三つの事件は、別々の事件として、処理される。別々に考えれば、北野敬には、殺人の動機がない。だから、容疑者リストから、外されてしまう」

「当然です。彼は、高価な宝石を売り損なったわけだから、動機は、ありません」

「一つ一つの事件を考えれば、そうなります。しかし、三つの事件を一緒に考えれば、そうは、いっていられなくなります。三つの事件に、北野敬が絡んでいて、しかも、宝石を買ってくれる相手が、死んでしまった。誰が考えても、異常ですよ。一つ一つの事件で考えれば、殺す動機はない。しかし、三つを通して考えると、動機がないということも、おかしくなってきますよ」

十津川は、熱っぽく、いった。

「確かに、おかしいですが、その結論は、どういうことになると、思うんですか？」

と、岡田は、きいた。

「いろいろ、想像力を働かせることは、出来ますよ」

十津川が、微笑する。

「どんなことですか？」

「例えば、北野敬が、殺し屋だったという想像」

「殺し屋？」

「岡田さんだって、そのくらいのことは、考えたでしょう？」

「いや。私は、北野敬に実際に会っていますからね。何か思惑があったのかも知れないが、列車の中で、彼の方から、声をかけてきたし、城崎で、一緒に、外湯めぐりをしませんかと、誘ったんです。笑顔でね。それを思い出すと、とても、あの青年が、殺し屋などとは、考えられないのですよ」

岡田は、苦い顔になっていた。

十津川は、そんな岡田の気持を見すかすように、

「しかし、岡田さんは、三朝、玉造、松江と、廻って、北野のことを、ずっと、調べて来られたんでしょう？　そうするだけの疑いを、彼に、持たれたわけだ」

「参りましたね。正直にいって、私は、まだ、刑事根性が、抜け切れていないんですよ。だから、北野という青年に対する好感とは別に、どんどん、彼の行動を、調べて行ってしまうんです。そうすることが、彼に対する思い出を、消していくのが、わかっていながらね」

と、岡田は、いった。

「北野、宝石、殺人と、三回とも、セットになっているんでしょう？　結果的に、自殺や、事故死になっていても、岡田さんは、殺人としか見ていない？」

「そうなんですよ。どうしても、これは、殺人だと思ってしまう。しかし、二件は、去年の事件、一件は、二年前の事件だし、殺人だという決め手は、何もないんです。三つの県警も、再調査する気はない。だから、十津川さんに、話を聞いてもらいたくてね。自分の胸だけに納めておくには、重過ぎるんですよ」

岡田は、正直に、いった。

「私には、有難かったですよ。世田谷で起きたクラブのママ殺しの捜査が、行き詰ってしまっていましたからね」

「北野敬が、関係していると、思っているんですか？」

「そうです。殺された竹宮麻美が、北野の名刺を持っていましたからね」

「彼が、犯人だと？」

「最初は、そう考えていました。しかし、その北野が、城崎で殺されてしまって、いやでも、捜査方針を変えざるを、得なくなりました。東京で、竹宮麻美を殺した人間が、城崎で、北野も殺したと、考えるようになっています。ただ、北野が、何らかの関係を持っていることは、間違いないと思っています」

「その竹宮麻美というママのことは、詳しくわかっているんですか？」

「岡田さんも、知っていると思いますが、水商売の人間には、二通りありましてね。きちんとしていて、何もかも、はっきりしている人間と、逆に、何もかも、謎に包まれている人間とがいるでしょう。彼女は、後者でしてね。何もかも、謎に包まれている。経歴が、はっきりしないんです。六本木に店を持ったのだって、一年前のことで、その金が何処から出たのかも、わからない。自分で、貯めたと、いっていたそうですがね」

「じゃあ、北野との関係も、わからないんですか？」

「まあ、常識的に考えて、金のあるクラブのママと、そこに、宝石を売りに来たセールスマンという関係だと思うんですが、店のホステスに聞いても、北野を見ていないんですよ」

「店に売りに来たんじゃないということですか？」

「多分ね。彼女のマンションの方に、売りに来たと考えられるんですが」

「楠ひろみという女性がいるんです」

と、岡田は、いった。

「ええ」

「今、話した二年前の事件に関係している女です」

「ああ、城崎のクラブのママ？」

「そうです。この女は、事件のあと、城崎から、消えてしまいました。楠ひろみという名前も、本名かどうかわからないのです。年齢も、失踪した当時、三十二、三歳ですから、世田谷で殺された竹宮麻美と合致しています」

岡田が、いうと、十津川は、眼を光らせて、

「その女性の写真が、ありますか？」

「私は、持っていませんが、見ています」

「待ってて下さい」

十津川は、急いで、捜査本部に電話をかけ、亀井に、竹宮麻美の顔写真を、持って来させた。

岡田が、それを見る。

「どうですか？」

と、十津川が、きく。

「髪型は、違っているが、よく似ていますね」

「似ていますか」

「断定は、出来ませんが」

「北野敬が、城崎で、その楠ひろみに、宝石をすすめたのは、二年前でしたね？」

「二年前の十月です」

「名刺は、その時、北野から、貰ったものなのかな」

　十津川は、呟いた。

「名刺は、どこにあったんですか？」

「名刺ホルダーです。その中に、はさんであった名刺の一枚です」

「それなら、二年前に貰っていたのかも知れませんね」

　と、岡田は、いってから、急に、思い出して、

「楠ひろみですが、店のホステスから、ひろみではなく、アサミさんと、呼ばれていたことがある、ということですよ」

「なるほど。いよいよ、同一人らしく思えてきましたね」

　と、十津川は、満足そうに、いった。

「それは、いよいよ、北野敬が、事件に絡んでいる可能性が高くなったということですか？」

「ええ。そういってもいいと、思います」

「ジュエリー広瀬は、どうですか？　北野敬と、全く関係ない。彼が勝手に、この宝石店の名前を、使っていたと、思われますか？」

　と、岡田は、きいた。

「いや」

　と、十津川は、首を横に振った。

「では、関係があると？」

「ジュエリー広瀬は、日本でナンバー・ワンの店じゃありません。もっと有名で、歴史のある宝石店はあります。私が、もし、既存の宝石店の名前を利用するのなら、ジュエリー広瀬より、もっと有名で、評判のいい店の名前を使いますよ。そうでなければ、完全に架空の店を、でっち上げますね」

「ジュエリー広瀬というのは、どんな評判の宝石店なんですか？」

と、岡田は、きいた。

十津川は、また、苦笑した。

「この事件では、怪しげな匂いがつきまとうんですが、このジュエリー広瀬も、その一つでしてね。社長の広瀬謙一郎という人物からして、経歴が、はっきりしていません。K大の政治経済を二年で、中退したと本人はいっているんです。その後、アメリカで、宝石鑑定の資格を取ったというんですが、このアメリカの鑑定機関というのが、民間の学校で、あまり、権威がないらしいのです」

「しかし、私は、ジュエリー広瀬のフェスティバルに、警備の仕事で行ったことがありますが、なかなか、盛会でしたよ。その時、扱った宝石の総額も、億単位だと聞きましたが」

と、岡田は、いった。

「ええ。この不景気な時に、この店は、大きな宝石のフェスティバルを開催していますね。有名タレントを呼んだり、テレビでCMを流したりしています。ただ、問題は、資金なんですよ。毎年の経常利益が、かなりの黒字なんですが、同業者によると、そんなに儲かっている筈はないともいわれていましてね。だが、社長の広瀬は、高級車を乗り廻し、慈善団体に、高額の寄附をしています」

「十津川さんは、死んだ北野敬が、本当は、ジュエリー広瀬の人間だというのですか？」

「あの宝石店には、ひょっとすると、表と裏と、二つの顔があって、店員も、二通りいるのではないかと、考えるんです。北野は、その裏の顔を代表する人間ではないかと」

「面白いですね」

「最初はね、裏の社員といっても、地方を廻って、セールスをする人間だと考えていたんですがね。そうした外商は、他の宝石店でもやっているところがあります。宝石は、いわば、ぜいたく品ですからね。今までのように、じっと待っていたんでは、売れないから、どんどん、こちらから出て行って、積極的に売りさばこうという考えが、生れてきたからです。しかし、これは、なかなか、うまくいかない。通信販売で、宝石まで売られる時代ですからね。ところが、ジュエリー広瀬は、儲かっている。何か、細工があるんじゃないかと、思っているんですよ」

「それが、殺し屋説ですか？」

「広瀬社長の経歴が、よくわからないといいましたが、彼は、闇の世界ともつながっているという噂も聞こえてきているんです。昔は、殺し屋というと、架空のお伽話(とぎばなし)だったんですが、今は、現実味を持ってきています。多分、金を払ってでも、人を殺したいという人間が、増えてきたんだと思います。そんな面まで、アメリカに似てきたんじゃないかと、憂慮しているんです」

と、十津川は、いった。

「すると、ジュエリー広瀬が、殺しを引き受けて、北野が、それを、実行していたということですか？」

岡田は、半信半疑で、きいた。

「宝石店の客、特に、常連客というのは、金持ちが多いと思うのです。ジュエリー広瀬では、客を、二つに分けているんです。一般客と、V

ＩＰと呼ぶ客の二つにです。そのＶＩＰの方は、広瀬社長自身が応対しています。そのＶＩＰと、『広瀬』の関係は、やたらに、秘密めいていましてね。名前も、人数も、秘密です。そのＶＩＰからの、要請で、広瀬社長は、殺しを引き受けているのではないかと、疑っているんです」

「なるほどね」

「金持ちというのは、その莫大な資産を守るために、何でもしかねない。と、いうより、莫大な資産を狙って、肉親が、争ったり、欲が出てくるものです。守るために、危険なことまでしなければならない。相手が、財産を狙って、殺しまでやろうとすれば、守る方も、相手を殺すことまでしなければならない。ただ、一般人は、それが出来ないから、広瀬社長に頼む。もちろん、高額の成功報酬を払ってですよ。広瀬社長は、それを引き受けて、裏の社員にやらせているのではないか。北野敬は、その社員の一人だったのではないかと、考えてみたんです」

「少しばかり、飛躍していて、急には、信じられませんね。捜査本部では、この話が、信じられているんですか？」

岡田がきくと、十津川は、笑って、

「まだ、本部長にも話していませんよ。多分、一笑に付されてしまうでしょうからね。広瀬社長に、ぶつけても、証拠があるのかといわれるでしょう。証拠はないんです」

「そうでしょうね」

「しかし、今、岡田さんの話を聞いて、状況証拠は、あるなと思いましたよ」

「わかります。私も、三朝、玉造、城崎と、歩いている中に、ひょっとするとと、思いましたから。十津川さんのいう通り、北野、宝石、そして資産家の死と、三つの事件が、セットになっているんです」

「それが、単なる偶然とは、思えない。岡田さんも、そう思っているんでしょう?」

「ええ。ただ私は、どうしても、北野という青年が、そんな恐ろしいことに、首を突っ込んでいたとは、考えられないんですよ」

「それは、考えたくないということじゃありませんか?」

「かも知れません。北野は、趣味で、拓本をやっているようでしてね」

「それは、聞いています」

「文学碑を見て廻り、時には、それを拓本にして楽しむ。そんな人間が、殺しをやるとは、とても、考えられないんです」

岡田がいうと、十津川は、

「逆に考えれば、殺しのような恐ろしい仕事に、手を染めていたから、拓本をやりたくなったということじゃありませんかね。汚れた心を、洗いたくて」

と、いった。

「冷たいことをいいますね」

岡田は、苦い表情になった。

十津川は、構わずに、

「私だって、血なまぐさい事件のあとでは、美しい自然を眺めていたかったり、仏像と対面したくなったりします。岡田さんだって、同じでしょう?」

と、いった。

確かに、そうだと、岡田は、思う。

彼自身、心の荒んだ時に、四国遍路の旅に出たし、京都で、仏像と対面して、救われたことがあったからである。

（北野も、そうだったのだろうか？）

自分も、傷ものの宝石を売る北野が、そういう気持ちになるのでは、と想像したことがあった。

岡田が、黙って考え込んでいると、十津川は、更に、言葉を、続けた。

「考えてみれば、宝石を売り歩くというカムフラージュは、犯罪隠しには、なかなか、いいアイデアと、思いますよ。例えば、殺したい人間がいる。それが、地方の名士で、資産家だとすると、まず、その人間の女に接近する。三朝でも、玉造でも、城崎でも、同じだったわけでしょう。三朝と、玉造では、芸者で、城崎では、クラブのママだった」

「そうです。北野は、彼女に、高価な宝石をすすめる。それも、半額か、それ以上、値引きしてです。女は、当然、欲しくなり、パトロンの男に、買ってくれと、せがむわけです」

「そして、会う場所を設定し、北野は、女と、そこで、待つこととなる。ところが、パトロンは、その前に、殺されてしまう」

「ええ。たいてい、約束の場所に来る途中でね。川に落ちたり、湖に落ちたり、あるいは、別邸で、首を吊ってです。地元の警察は、当然、殺人の捜査もします。しかし、容疑者には、全て、完全なアリバイがある。北野も疑われますが、彼は、宝石が売れなくて、損をしたわけですから、動機がないことになって、容疑の外に、置かれてしまうわけです」

と、岡田は、思い出しながら、いった。

「三つの事件とも、全く同じ経緯で、結局、事故死か自殺になってしまったわけでしょう?」

「そうなんです」

「不思議ですよ」

「ええ。事件の関係者の中には、今でも、不思議に思っている人がいます」

「それを、殺しを請けおっていると考えれば、別に不思議ではなくなるんじゃありませんか?」

「――」

「ある資産家を殺したいと思う人間が、『ジュエリー広瀬』に、殺しを依頼する。ジュエリー広瀬は、北野を差し向ける。当然、依頼者は、完全なアリバイを作っておきますから、容疑の圏外に置かれてしまう。宝石のセールスに来た北野も、動機がないということで、疑われない」

「殺しを実行したのは、北野だと思うんですか?」

と、岡田は、きいた。

「そうです。毎回、彼が宝石を売り損なうというのは、おかしいですよ。それも、高価な宝石で、殺しがあって、売り損なうわけでしょう?それが、連続すること自体、偶然とは、考えられませんからね。宝石は、いわば、殺しの道具の一つだったんじゃありませんかね。同時に、その宝石は、北野を、犯人ではなくしてしまうお守りでもあった。私は、そう思いますがね」

と、十津川は、いった。

「宝石が、お守りですか?」

「そうです。宝石が、彼の動機を消してしまうからです。その宝石が、高価であればあるほど、その力は、大きくなる」

たのである。

と、十津川は、いった。

岡田は、引き続き、北野敬のことを調べていきたいと、十津川に、いった。

「気をつけて下さい」

と、十津川は、いった。

今年になって、東京で、竹宮麻美というクラブのママが殺され、その死に関係があると思われた北野敬が、城崎で殺されている。

しかも、その北野敬に絡んで、過去二年に、三人の人間が死んでいる。

その謎を解明しようとする岡田が、安心とはいえないと、十津川は、思ったのだ。

その上、今、岡田は、刑事ではない。何か、危険があったとしても、十津川たちが、彼を助けることは、出来ないだろう。

その思いを籠めて、気をつけて下さいといっ

第四章　ジュエリー広瀬

1

十津川は、亀井と、東新宿にある「ジュエリー広瀬」を訪ねてみることにした。

北野敬について、電話で問い合せたことはあるが、社長の広瀬謙一郎に会うのは、今回が、初めてだった。

駅ビルの斜め前のビルの一階にある店である。

訪ねる前に、ジュエリー広瀬のことを、調べている。

バブルがはじけて以来、多くの宝石店が、売り上げを減らしている。中には、倒産に追い込まれた宝石店もある。高額な宝石が、売れなくなっているのと、安い宝石の販売も、低迷している。

ジュエリー広瀬は、毎年、大きな宝石フェスティバルを開催し、耳目を集めてきた。何億円という有名宝石を目玉にし、わざわざ、警備会社の社員を、店頭に整列させ、いかにも、そのフェスティバルが、大規模なものかを誇示する。

新聞にも、大々的に、宣伝をする。

しかし、十津川が調べたところ、業界内の反応は、冷ややかなものだった。

「今どき、いくら宣伝したからといって、高価な宝石が、売れるものじゃありません。宝石の市場そのものが、冷え切ってしまっているんですから」

と、いう同業者もいるし、

「ジュエリー広瀬さんは、年々利益を大きくしているみたいにいっているが、信用できませんね。粉飾決算をしている疑いがあるんですよ」

と、いう評論家もいた。

十津川が、調べると、赤字は、計上していない。毎年、何千万かの利益は、あげているし、税金の申告でも、黒字になっている。

M銀行から、五年前二十億円借金をしているが、きちんと、毎年返済をしていた。

M銀行側は、ジュエリー広瀬を、優良企業としているし、ジュエリー広瀬へ貸付けた二十億円は、今はやりの言葉でいえば、「優良債務」だということだった。

十津川と亀井は、社長の広瀬と会った時、まず、そのことから聞いてみた。

四十二歳と若い広瀬は、自信満々の顔で、二人に向い、

「確かに、不景気で、業界全体としては、宝石の売れ行きは、落ちていると思いますよ。しかし、だからといって、駄目だ駄目だといっていたら、尚更、駄目になってしまう。私は、そんな時ほど、元気を出さなければと思って、毎年、大きなフェスティバルを開いているんです。それに、不景気でも、あるところには金があるんです。日本人の貯金高は、千二百兆円だといわれているじゃありませんか。高い宝石だって、売れるんですよ。いいもので、信用が出来るとなれば、買って下さるお客はいるんです」

「確かに、毎年、かなりの黒字を、計上されて

いますね」

「そうですよ。お得意は、大事にしていますからね。それが、うちの宝です」

と、広瀬は、いう。

「北野敬という男のことですが――」

十津川が、その名前を口にすると、広瀬は、急に、不機嫌になって、

「また、そのことですか。前にも、申し上げたように、うちの社員じゃありません。ニセ社員ですよ。うちが、順調に利益をあげているので、時々、うちの名前を使って、クズダイヤを、売り捌こうとする人間がいて、迷惑を、こうむっているんです」

「しかし、北野は、ジュエリー広瀬の名刺を使っていますがね」

「名刺なんか、いくらでも、作れるでしょう。第一、うちでは、社員に宝石を持たせて、地方を、廻らせたりはしていませんよ」

と、広瀬は、いう。

「というと、北野敬という男には、会ったこともない？」

「ええ。一面識もありません」

「北野敬という男は、少なくとも、二年間、ジュエリー広瀬の名刺を持って、山陰地方を廻っているんですが、実害はなかったんですか？」

十津川が、きいた。

「幸い、そのことで、抗議をされたことはありませんね。うちの名前を使っても、所詮は、インチキ宝石を売り歩いていたんでしょう？　きっと、売れなかったんだと思いますよ。だから、うちには、抗議がなかった。そう考えていますがねえ」

と、広瀬は、いった。

「社長は、何処の生れですか？」

亀井が、きいた。

「東北の田舎です。作並温泉を、ご存知ですか？」

「ええ。名前は、知っています」

「あの作並の近くで生れました。今は、そこには、誰も住んでいませんが」

と、広瀬は、いった。

「山陰に行かれたことは、ありませんか？」

と、十津川が、聞いた。

「私は、温泉が好きですから、旅行で行ったことは、ありますよ。しかし、商売で行ったことはありません」

広瀬は、微笑する。

「広瀬さんは、結婚なさっていますよね？」

十津川がきくと、広瀬の表情が、苦笑に変って、

「ええ。二度目の結婚ですが」

「どういう方ですか？」

十津川が、きくと、広瀬は、

「何か、そちらで捜査されている事件と、関係があるんですか？」

「いや、特別には――」

「それなら、家内のことは、あまり、公にしたくないのですよ」

「机の上の写真は、奥さんですか？」

十津川は、ちらりと、その写真に、眼をやった。

「そうです」

「なかなか、美しい方だ」

「そうですか。刑事さんに褒められたと聞けば、

家内も、喜ぶと思いますよ」

と、広瀬は、いった。

和服姿の美しい女だった。名前は、可奈子だという。

普通なら、美しい妻のことは、自慢したがると思うのだが、広瀬は、なぜか、彼女のことになると、口数が少なくなった。

（二度目の妻だからだろうか？）

と、十津川は、思ったが、どうも、そうではない感じがした。

何か、彼女のことを、あまり知られたくないという感じなのだ。

十津川は、話題を変えて、

「さっきの話では、良いお得意さんをつかんでおられるようですが、どんな方がいるんですか？」

と、きいた。

広瀬は、急に、用心深い眼になった。

「それだけは、最高のシークレットです。申しわけないが、これだけは、警察の方にも、話せません。お客様の方でも、いちばん内密にしておきたいことで、それを、私が、ペラペラ喋ってしまったら、それこそ、商売人として、モラルにもとることになります」

「よくわかりますが、私としては、どんな人が、高価な宝石を買うのかと思いましてね。一人か、二人、教えて貰えませんか。その人について、捜査するなんてことは、絶対にしませんから」

「そういわれましてもねえ」

「個人名が駄目なら、どんな職業の人かだけでも、いいんですが――」

「そうですね。名前の知られた有名人もいらっしゃいますよ」

　と、広瀬は、いう。

「それは、有名タレントといったことですか？　それとも政、財界人？」

「まあ、いろいろです。十津川さんも、きっと、ご存知のタレントさんもいます」

　と、広瀬は、思わせぶりに、いったが、その名前は、教えてくれなかった。

「そういう人は、店に来て、買うというんじゃないんでしょうね？」

「そうですねえ。高価な宝石の場合、私どもが、お宅に、直接、お邪魔することが多いですね。その方が安心だし、マスコミに、詰らない記事を書かれずに済みますから」

「詰らない記事――ですか？」

「そうです。年頃のタレントだと、すわ結婚かといわれるし、年配の男性タレントだと、愛人を作ったんじゃないかと、マスコミが、追い廻しますからねえ」

「政、財界人もいるんですね？」

「そうですが、この場合は、ご当人よりも、奥さんが、買われることが多いんですがね」

　広瀬は、当り障りのない話をする。奥さんの誕生日の度に、プレゼントのダイヤを大きくしていく政治家もいるといった話もした。

　確かに、そんな、奥さん思いの政治家もいるだろう。しかし、広瀬が、もっと、大事な話を、隠しているような気がして、仕方がなかった。

　しかし、だからといって、広瀬は、殺人事件の容疑者というわけではないから、捜査本部に連行して行って、訊問するわけにもいかなかった。

十津川と、亀井は、欲求不満の感じで、東新宿の店を、後にした。

「店を見ましたが、あんまり、客が、宝石を買っている様子は、ありませんでしたね」

と、パトカーに戻りながら、亀井が、いった。

十津川は、苦笑して、

「宝石というものは、そんな風に、チャカチャカ売れるものじゃないだろう」

「そうでしょうが、宝石業界全体が、よくないということは、わかりますね。その中で、ジュエリー広瀬だけが、儲かっているのは、どうも、信用できませんがね」

と、亀井は、いう。

「だが、毎年、黒字なんだよ。それは、事実だ」

「ええ。いいお得意をつかんでいるということなんでしょう？」

「そうらしい」

「どういう客なのか、それを知りたいですね」

と、亀井は、いった。

2

十津川が、知りたかったのは、広瀬という男のことだった。

広瀬については、どんなことでも、知りたかったのだ。彼の妻の可奈子のことも知りたいし、北野敬とのことも知りたかった。広瀬は、北野が、こちらの名前を勝手に使っているだけで、一面識もないというが、果して、本当なのだろうかという疑惑を、持っていた。

捜査本部に戻った十津川は、刑事たちを動員して、これらの疑問について、徹底的に、調べさせることにした。

しかし、広瀬という男は、いざ、調べを進めていくと、謎だらけの人間だということが、わかってきた。

作並温泉の近くで生れたといっているが、宮城県警に問い合せてみると、確かに、広瀬という家はあったことはわかったが、そこに生れた子供が、果して、今の広瀬なのかどうか、はっきりしないというのである。

その子供の名前は、広瀬謙一郎。今の広瀬社長と、同じ名前で、年齢も、あっている。しかし、宮城県警からの報告は、こうなっていた。

〈広瀬謙一郎の両親、広瀬徳太郎と、妻の里子は、謙一郎が五歳のとき、生活苦から、松島へ行き、海に身を投げて一家心中を図りました。しかし、死体があがらぬまま、三人が死亡したものと、考えられています〉

その広瀬謙一郎が、いつの間にか、東京で、今、ジュエリー広瀬の社長になっているのだ。今から三十七年前に、松島沖で、一家心中を図った家族である。五歳の子供だけが助かったのか。

もちろん、助かったといっても、そのことが、罪ではない。問題は、その広瀬謙一郎と、今の広瀬社長が、同一人かということだろう。

それについて、広瀬は、ただ、四十二年前、作並温泉の近くで生れたというだけである。

その後、広瀬が、何処の小学校を卒業し、中、高校は、何処だったのかも、話そうとしない。

K大の政経を卒業したと書かれた本があるが、十津川が、調べたところ、K大の卒業生名簿に、広瀬謙一郎の名前は、なかった。

このことは、週刊誌の記者が疑問に思い、本人に、質問したことがあった。その時の広瀬の答は、こうだった。

〈K大に入りたいと思い、K大の通信教育を受けることにしたが、途中で、止めてしまった〉

この答も、果して、事実かどうか、わからない。

二度目の妻、広瀬可奈子の方は、広瀬より、はっきりしていた。

結婚前の名前は、早川可奈子だった。可奈子は、京都で、旧家に生れている。京都の大学を卒業しているが、大学三年の時、ミス・着物に選ばれていた。

その後、実家が、破産し、彼女は、東京に出て来た。最初は、S商事に就職したが、二十八歳の時、水商売に入り、三十歳の時、三十七歳の広瀬と、知り合った。

十津川は、当時、同じクラブで、働いていて、現在、銀座のクラブのママをしている春木けい子に会って、可奈子のことを聞いてみた。

「そうね。彼女は、美人で、教養があったから、インテリのお客とか、お偉方に、人気があったわ」

と、けい子は、いった。

「お偉方――？」

「政財界の、偉い人」

けい子が、笑って、いう。

「その時、広瀬謙一郎は、店のお客として、来ていたんですね？」

十津川が、きいた。

「ええ。でも、今みたいに大きな宝石店の社長じゃなかったわ。宝石の行商みたいなことをやってたの」

「今から五年前だよ。五年前は、そんな宝石商だったの？」

驚いて、亀井が、きいた。

「ええ。だから、あんなに大きな店を持ったんで、びっくりしているわ。何か、魔法でも使ったのかしらね」

「可奈子さんは、クラブでは、売れっ子だったんでしょう？」

「ええ。店を持たせたいって、お客が、何人かいたわ」

「そんな彼女と、宝石の行商をやっていた広瀬が、なぜ、一緒になったんだろう？」

「何か、秘密があったんじゃないかと、思っているんでしょう？」

けい子は、ニヤッと笑った。その眼は、彼女自身が、その何かを知っているという感じだった。

「教えてくれませんか」

と、十津川は、頼んだ。

「話してあげるけど、私の考えが、当っているかどうか、わからないわよ」

「構いません。何でも話して下さい」

十津川が、いうと、けい子は、声をひそめるようにして、

「その頃だけど、可奈子さんは、大原先生と関係があったのよ」

「大原先生？　まさか、大学の先生じゃないでしょう？」

「当り前でしょう。政治家の大原先生」

「ああ、大原研一。首相をやったことのある？」

「そう。その大原先生」

「それなら、余計、彼女が、広瀬謙一郎と一緒

になる可能性は、少なかったんじゃないんですか？　広瀬の方は、二度目だしね」

「そこが、面白いところなの。その時、大原先生は、次の首相になるかどうかというので、身辺の女性問題を、解決しておく必要に迫られていたのよ。おまけに、写真週刊誌に、可奈子さんとのツーショットを撮られてしまってね」

「彼女の方は、大原さんを、どう思っていたんですか？」

「彼女も、愛していたと思うわ。だから、問題だったのよ」

「それで、大原さんは、彼女を、広瀬謙一郎に、押しつけたということなんですか？」

と、十津川は、きいた。

「結果的にそうなったんだけど、広瀬さんが、抜け目なかったということね。大原先生が、困っているのを知って、まず、強引に、可奈子さんと、関係を結び、結果的に、彼女と結婚し、大原先生の苦境を助けたということだわ」

「大原先生は、そんなに、困っていたんですか？」

「今いったように、首相に推されていて、女の問題が、その邪魔になっていたのよ」

「しかし、可奈子さんのことを片付けることぐらい、別に、広瀬謙一郎に頼まなくても、秘書なんかが、何とか、始末したんじゃないんですかね？」

と、十津川は、きいた。

けい子は、急に、眉をひそめて、

「確かに、そうね。私にも、不思議な気がしないこともないの。だって、その後、広瀬さんが、急に、金廻りが良くなって、たちまち、東新宿に、大きな宝石店を構えるようになったのは、大原先生のおかげだと思うの。つまり、それだけ、大原先生が、助けたということよ。刑事さんのいうように、自分の関係していた女を、引き取ってくれたくらいで、それほどの恩義を感じるのは、ちょっと、不思議ね」

「そうでしょう。大原先生と、広瀬の間に、彼女のこと以外に、何かあったと考えるのが、自然だと思いますよ」

と、十津川は、いった。

「そうね。でも、何があったのかしら？」

「その頃、それらしいことを、耳にしたことはなかった？」

と、亀井が、けい子に、きいた。

「それらしいって？」

「二人の間に、秘密めいたことがなかったかどうか」

「さあ。わからないわ」

「大原先生は、首相になって、一年六ヶ月、その地位にいた。そして、今は、保守党の長老になっている」

十津川が、いうと、けい子は、肯いて、

「そうね」

「一年六ヶ月の在任期間中、これといったミスはなかった。バブルの崩壊後の、まだ問題が起きる前だったからかも知れませんね。そのあと、日本が急速におかしくなった。と、いって、その責任を追及されたこともなく、今も、長老としての力を持っている」

「それは、私も知ってるわ」

と、けい子は、いう。

「大原先生は、何処の出身でしたかね？　つまり、何処が、選挙区かということですが」

亀井が、ふと、いった。十津川が、考えていると、けい子が、

「確か、鳥取だったわ」

「山陰か」

「ええ。山陰に光を、といった選挙の公約を見たことがあるわ。総選挙の時だけど。私も、山陰の生れだから、覚えているの」

と、けい子が、いった。

3

十津川は、中央新聞の田島記者にも会って、大原研一のことを聞いてみた。

大学の同窓で、社会部記者の田島は、笑って、

「今度は、政治に関心を持ったのか？」

「大原研一という政治家にだよ。彼のことで、わかっていることを、何でも、知りたいんだ」

「五年前、首相になり、一年六ヶ月、無難につとめた。そして、今、保守党の長老だ」

「そのくらいのことは、わかっているんだ。彼について、何か問題はないか知りたいんだよ」

「問題？」

「ああ。首相になるに当って、写真週刊誌に、不倫を、すっぱ抜かれただろう。そんな類の問題なんだが」

「クラブのホステスの件だろう。あれは、彼女が、宝石商と結婚して、うやむやになってしまった」

「知っている。ジュエリー広瀬の社長だ」

「知っているんなら、別に聞くことはないだろう」

「その他に、スキャンダルは無かったのか

な？」

「あまり聞いてないがね」

「大原研一の家は、資産家なのか？」

と、十津川は、きいた。

「いや、彼の生家は、鳥取の砂丘近くにある農家で、彼は、それを自慢にしていたくらいだ。もちろん、建設大臣や、首相になったことで、かなりの蓄財をしたとは思うがね。資産家の出じゃないよ」

「資産家に、知り合いは、いるんじゃないか？」

「大原研一の自慢は、顔の広さだからね。彼は、四十八歳の若さで、建設大臣になったんだが、その頃は、まだ、日本は成長期で、予算も、十分に分捕れた。彼は、山陰に光を、といって、山陰地方に、莫大な公共事業を、放り込んだんだ。だから、今でも、山陰には、大原のことを、有難がっている資産家が、沢山いるんじゃないかね。大原研一は、面倒見がいいからね」

と、田島は、いう。

「すると、大原に対する、山陰の資産家からの政治献金も、大きかったんだろうね？」

「そりゃあ、そうだろう。山陰に光を、を建設大臣の力で、実行したんだから」

田島は、笑いながら、いった。

「宝石商の広瀬謙一郎のことだがね」

「最近は、あまり、彼の話を聞かないな」

「大原研一とのつながりは、大原が首相につく時に、問題のホステスを妻にして、恩を売ったことだけなのかな？」

十津川が、きくと、田島は、変な顔をして、

「彼のことは、よく知っているんじゃないのか？」

「いや、知ってるのは、その一件だけなんだ」

「大原研一と、同郷だというのを聞いたことがあるがね」

「それは、違うだろう。広瀬は、東北、作並温泉近くの生れだよ。広瀬自身が、そう、いっている」

「そうか。広瀬という男は、正体不明だし、嘘つきだからな。大原と知り合った頃は、同郷だということで、近づいて行ったと、聞いたんだよ」

と、田島は、いった。

「念を押すが、大原研一と、広瀬のつながりは、女の一件しかないのか？　他の話を聞いたことはないか？」

「おれの知っている限りは、それだけだよ」

田島は、いったが、十津川は、それだけではないと、思っていた。

五年前、広瀬が、首相候補の大原研一と初めて知り合った時、彼は、宝石の行商みたいなことをしていたというではないか。

その後、広瀬は、銀行から二十億円の融資を受け、東新宿に、大きな店を構えた。今のように、銀行が、貸し渋りをしていなかったとしても、宝石の行商をしていた広瀬に、銀行が簡単に二十億円の融資をするとは、とても、思えない。

女の一件で、恩を感じた大原が、広瀬の保証人になったのか？

そうかも知れないが、十津川は、首をかしげてしまうのだ。

五年前にも、広瀬が可奈子と、結婚したことで、大原に恩を売ったのではないかという噂は、あったわけである。そんな時に、大原が、保証人になって、広瀬に、二十億円の銀行融資を、あっせんでもしていたら、それこそマスコミに嗅ぎつけられて、スキャンダルになってしまうだろう。

首相の椅子を狙っていた大原が、そんな危険なことをする筈がないではないか。

捜査本部に戻った十津川は、そのことを、調べたいと、亀井たちに、いった。

「五年前、広瀬に、二十億円の融資をしたのは、M銀行の新宿支店であることは、はっきりしている。これといった担保のなかった広瀬に、なぜ、M銀行が、二十億円もの融資をしたのか、それが知りたい」

十津川が、いうと、亀井は、

「M銀行は、本当のことは、いわないと思いますよ。何か、わけありの融資なら、口は、かたいでしょうから」

と、いった。

亀井の言葉は、正しかった。

M銀行新宿支店では、ジュエリー広瀬に対する五年前の融資は、正当なものであって、別に、誰かからの口利きということはなかったという。

「二十億円の担保はあったんですか？」

と、十津川が、きくと、支店長は、

「確か、広瀬さんのお持ちの宝石を担保にしたと、記憶しています」

「その頃、広瀬さんは、宝石商といっても、行商に近いことをやっていたわけでしょう。二十億円の担保になるような宝石を持っていたとは、とても、思えませんがねえ」

「しかし、それは、刑事さんの考えでしょう。

われわれとしては、十分に、担保価値があるとして、評価して、お貸ししたんです。現在も、焦げつきになっていませんし、きちんと、計画通りに返済されています」

と、支店長は、いう。

「本当に、きちんと、返済されているんですか？」

「とにかく、焦げついていないことは、間違いありません」

と、支店長は、いうのだ。

今のところ、広瀬社長が、殺人事件の容疑者になっているわけではないので、それ以上、突っ込むことは難しかった。

十津川は、広瀬謙一郎の妻、可奈子の方から、近づいてみることにして、北条早苗刑事を呼んだ。

「女の君の方が、広瀬可奈子に接近しやすいだろう」

と、十津川は、いった。

「何をすれば、いいんでしょう？」

早苗が、きいた。

「正直にいって、わからないんだよ。知りたいことは、いくらでもある。広瀬自身のこと、彼と、北野敬の関係、広瀬と、大原研一の関係」

「妻の可奈子が、そうしたことを、知っていると、思われるんですか？」

「かも知れない。今もいったように、何もわからないのだ。だから、君が、当ってみて、感触をつかんでくれ」

と、十津川は、いった。

4

広瀬社長が、店に出ている時間を狙って、北条早苗は、ひとりで、広瀬可奈子に会いに出かけた。

永福町の閑静な邸だった。それほど広くはないが、緑の多い、和風の造りである。

インターホンを押す。

出て来たのが、可奈子だった。細面で、和服の似合う女性だというのが、早苗の第一印象だった。

早苗は、妙な芝居はしまいと考え、警察手帳を示した。

可奈子は、別に、驚いた様子も見せず、早苗を、奥に、招じ入れた。

庭の見える和室である。六十五、六歳のお手伝いが、茶菓子を運んできた。

可奈子は、なぜか、早苗が、何しに来たかを聞こうともしない。

捜査一課の刑事を迎えながら、微笑して、世間話を始めた。

早苗の方が、じれてしまって、

「店の従業員の方と、お会いになることがありますか？」

と、きいた。

「いいえ。主人の仕事には、タッチしないことにしていますので」

と、可奈子は、いう。相変らず、顔には、微笑が浮んでいる。

「ご主人とは、恋愛結婚だと、伺いましたけど」

と、早苗は、いった。

「どなたに、そんなことを、お聞きになったんですか？」

「いろいろな方から。ご主人とお会いになった時、銀座のクラブで働いていたと聞きましたけど」

「ええ」

「その頃、可奈子さんは、写真週刊誌に、撮られて、ご迷惑だったと聞きましたわ」

「昔のことですから」

「ホステスさんにとって、ああいう話は、多い方が、有名になって、名誉なんだという人もいるんですけど、どうなんでしょう？　私は、その方角が、わからないんですが」

「さあ」

と、可奈子は、笑った。

「ご主人と、結婚を決心された理由は、何だったんでしょう？　私は、これから、結婚するんで、いろいろと、参考にしたいので、教えて頂きたいんです」

早苗は、わざと甘えるような聞き方をした。

「お相手がいらっしゃるんですか？」

「これから、探すんですけど」

「私も、お教えするほどの人生経験を積んでおりませんけど」

と、可奈子は、いう。

「いいえ。私なんかと比べたら、遥かに、豊富な人生経験を、積んでいらっしゃいますわ」

「それは、長いだけ」

「ご主人の何処が、気に入ったんですか？　奥さんみたいな美人なら、いくらでも、お相手は、見つかったんでしょうに」

「そんなことは、ありませんわ」

「ご主人の生活力ですか？」

　と、早苗は、きいた。

「さあ、どうでしょう？」

「五年前に、結婚なさったんでしたね？」

「ええ」

「その頃、ご主人は、まだ、新宿に、店を持っていらっしゃらなかったと聞きましたけど」

「ええ」

「宝石の行商みたいなことを、やっていらっしゃったとか」

「主人は、これが、新しいセールスの方式だと、いっていましたけど」

　と、可奈子は、微笑する。

「その頃、今のように、大きな宝石店の社長になると、思いました？」

「主人は、そう思っていたみたいですよ」

「なぜでしょう？」

「え？」

「宝石の商売って、難しいんじゃありません？　高価なものは、なかなか売れないでしょうし、安物では、利益が知れている。特に、最近のように、不景気になると、ますます、宝石は、売れなくなるんじゃありませんか？」

「今もいったように、私は、主人の商売の方には、ノータッチですから、わかりません」

「奥さんの指にはめているのは、ダイヤですわね」

「ええ」

「八カラットぐらいは、ありますわ」

「そうでしょうか？」

「そのくらいの大きさだと、何千万もするんじゃありません？」

「私は、宝石の価値は、わかりませんわ」

「ご主人からのプレゼントでしょう？」

「ええ。まあ」

「よく、お似合いですよ」

「そうですか、ありがとう」

「この人を、ご存知ありませんか？」

　早苗は、いきなり北野敬の写真を取り出して、可奈子に、見せた。

「はい。でも、従業員のことは、よく知りませんので」

　と、可奈子は、いう。

「なぜ、これが、従業員だと、思ったんですか？」

　早苗が、きくと、可奈子は、初めて、狼狽の色を見せて、

「違うんですか？」

「いいえ。北野という従業員です」

　早苗はいい、じっと、可奈子を見た。

　可奈子は、顔をそむけて、庭に眼をやったまま、

「主人が、警察に、疑われているんでしょうか？」

　と、きいた。

「なぜ、そうお思いになるんですか？」

「何もなしに、警察の方が、来るとは、思えませんから」

「奥さんに、ご主人のことを、いろいろお聞きしたくて、伺ったんです。それは、本当ですわ」

「主人は、何の疑いを持たれているんでしょう？」

　と、可奈子が、きく。

「ご主人というより、その写真の従業員のことで、調べているんです。その男性は、城崎で、

殺されたんです。ジュエリー広瀬の名刺を持って」

「——」

「従業員の方が、ここへ遊びに来ることもあるんでしょうね?」

「ええ。たまには」

「その男性も、来たんじゃありません?」

「はい。来たことがあります」

可奈子は、いった。

「奥さんは、昔のお友だちとは、今でも、会っていらっしゃるんですか?」

「昔のといいますと?」

可奈子が、きき返す。

「五年前、クラブで働いていらっしゃる時に、政財界の方や、店に来る有名人と、つき合っていたと聞いていますわ。当時、店では、ナンバー・ワンだったとも」

「もう、昔のことですわ」

可奈子は、そんないい方をした。

電話が、鳴った。

「ちょっと、よろしいですか」

と、可奈子は、早苗に、断って、受話器を取った。

早苗が、自然に、聞き耳を立てる。

「広瀬でございます——主人は、留守ですが、お伝えしておきますわ——鳥取の山根さんでございますか?——ええ。電話があったと主人に伝えればよろしいんですね。——はい、わかりました——お伝えしておきます。失礼致します」

可奈子は、そんな応答をして、電話を切った。

5

早苗は、捜査本部に戻ると、十津川に報告した。

「広瀬可奈子というのは、不思議な女性です」

「どう不思議なんだ?」

と、十津川が、きく。

「商売のことはわからないといいながら、北野敬の写真を見せると、うちの従業員だと、いうんです。家に来たこともあると、いっていましたわ」

「確かに、おかしいな。広瀬社長は、一貫して、北野敬という男は、一面識もない、勝手に名刺を作っているニセ社員だと主張しているんだ。それを、奥さんが、簡単にひっくり返すというのは、どういうことかな」

「夫婦の間が、うまくいっていないということだと思いますわ」

と、早苗は、いった。

「なるほどね」

「それに、電話を受けていましたが、相手は、鳥取の山根といっていました」

「山根か」

十津川の眼が、光った。

岡田から聞いた話を、思い出した。

去年の四月に、鳥取で事件が、起きていた。大内という鳥取県議会の議長が、三朝温泉を流れる三朝川に落ちて死んでしまった。大内の女である美千代という地元の芸者に、百万円のルビーの指輪を買ってやることを約束した直後である。

その指輪をすすめたのが、北野敬だった。

パトロンを失った美千代の、新しいパトロンになったのが、山根五郎という、当時、副議長だった男である。

現在、この山根五郎が、議長になっている。鳥取の山根といえば、その男しか、十津川は、思い浮ばないのだ。

「間違いなく、鳥取の山根といったんだな？」

と、十津川は、念を押した。

「はい。可奈子は、電話を受けて、鳥取の山根さんですね。主人に、山根さんから、電話があったと伝えますといいました」

早苗は、きっぱりと、いった

このことは、捜査会議で、三上本部長にも伝えられた。

「面白いじゃないか」

と、三上は、いった。

三上は、黒板に書かれた、山根五郎の文字に眼をやって、

「去年、鳥取県議会の大内議長が死んだことに、広瀬が関係していると思うのか？」

と、十津川に、きいた。

「そこまではわかりませんが、広瀬が、山根五郎と、知り合いだということは、これで、間違いないと、思います」

「山根は、大内議長が死んだことで、県議会の議長になった――」

「そうです。それに、美千代という美人の芸者も、手に入れています」

と、十津川は、いった。

「それで、君は、どう考えるんだ？」

「証拠がなくてもいいのなら、考えられることは一つです。山根五郎は、議長の椅子と、美千

代という芸者を、手に入れたいと思い、広瀬に相談した。広瀬は、そこで、北野敬を、鳥取の三朝温泉に、送り込んだ。彼は、そこで、芸者の美千代を呼び、百万円の宝石を売りつける。大きく値引きをして、パトロンに買って貰えと、すすめた。美千代は、そのルビーが欲しくて、パトロンの大内に甘える。大内は、いいよといい、買ってやることを、約束した。四月四日、北野は、美千代と、ルビーの指輪を、買って貰う約束で、大内を待っていたが、その大内は、三朝川に落ちて死んでしまった。殺人の疑いが持たれたが、容疑者には、完全にアリバイがあって、事故死ということになったが、巧妙に仕組まれた殺人だったということです」

「犯人は、北野敬か？」

「そうです」

「北野が、殺し屋で、広瀬社長が、彼を、鳥取に行かせたということになるのか？」

三上本部長が、きく。

「そうです。容疑者になりそうな人間は、それに合せて、完全にアリバイを作っておくんでしょう。山根副議長なんかがです。一応、北野と、芸者の美千代が疑われるが、二人には、動機がない。せっかくの百万円の指輪が、北野は、売れなくなるわけだし、美千代は、買って貰えなくなるわけですから。巧妙に、考えられた殺人だと思います」

十津川は、考えながら、いった。

「しかし、証拠は、ないんだろう？」

「そうです。全て、状況証拠です。しかし、この殺人は、あったと、確信しています。他に、城崎と、玉造温泉でもです」

「なぜ、確信が、出来るんだ？　状況証拠だけなのに」

「同じことが、三回も起きているんです。その三件に、北野敬が、絡んでいますし、何よりも、状況が似過ぎています。こんなことが、三回も、起きる筈がありません」

「それに、政治家の大原研一が、関係していると思うかね？　関係しているとなると、大変なことだが」

三上本部長が、当惑した顔で、十津川に、きいた。

「それはないと、思っています」

と、十津川は、いう。三上が、ほっとした顔になって、

「ないかね」

「そんなことに、政治家が関係していたら、彼にとって、命取りになりますからね。大原は、首相をやめて、今、党の長老になっていますが、今だって、政治への情熱は、持っているでしょう。それが駄目になるようなことは、しませんよ」

「では、広瀬とは、どんな関係だと、君は思うんだね？」

「広瀬は、五年前、女性問題で、首相の椅子を諦めかけた大原を、救いました。私の調べたところでは、その時、広瀬は、前の奥さんと、別居はしていたが、正式には、離婚していなかったんです。それを、強引に、離婚に持っていき、可奈子と、再婚したんです。しかし、ほかにもっと、重大な何かが、あるはずなんです。その礼として、大原は、広瀬に、山陰の有力者を、引き合わせたんだと思いますね」

「引き合わせただけだろうか？」

「もちろん、広瀬を助けてやってくれということは、いったと思います。首相の一言は、重みがありますからね」

「それで、広瀬は、五年前、M銀行から、二十億円もの融資が受けられたのかな？」

三上が、いう。十津川は、肯いて、

「そうです。山陰の有力者たちが、保証人になったんです。それで、二十億円の融資が、受けられたんですよ。M銀行は、喋ってくれませんがね」

「それから、五年か」

「その間、広瀬は、大原研一に紹介された山陰地方の有力者たちと、つき合っていたんだと思います。宝石を、買って貰ったりしていたんだと思いますね。それが、二年前から、おかしなことになったのではないでしょうか。その有力者が、邪魔と思う人間を、排除してやる。その代りに、大金を手に入れる。そんなことが、行われていたのではないかと、考えられるんです」

「二年間で、三件の殺人事件が起きていることは、わかっているわけだな？」

「そうです。いずれも、殺しが証明されずにいます」

「北野敬が、殺し屋だということは、間違いないのか？」

「まず、間違いないと思っています。一刻も早く、北野の正体を知りたいと思って、その捜査をしているところです」

と、十津川は、いった。岡田のことを、いおうと思ったが、止めることにした。岡田はすでに、警察の人間ではない。三上本部長は、部外者の力を借りることを、一番嫌がる人間とわかっていたからである。そういう点、三上本部長は、よくいえば、純粋で、悪くいえば、融通が利かないのだ。

捜査会議の後で、亀井が、十津川に向って、

「急に、壁に穴があいた感じですね。小さい穴ですが」

「広瀬可奈子のことだろう。私も、北条刑事から、彼女の証言をきいたとき、びっくりしたからね。北野敬を見たことがあり、ジュエリー広瀬の従業員だと答えるとは、思っていなかったからね」

「彼女は、どうして、北野を見たことがあると、いったんでしょうか？　何も知らずに、自宅に来たことがあるので、そのまま、答えたんでしょうか？」

「最初は、そう思ったよ。夫の不利になるようなことを喋る筈がないからね。しかし、広瀬可奈子は、バカじゃない。聡明な女性だと思っている。それに、北野敬の名前は、新聞でも、取りあげているんだ。宝石の仕事のことは、知らないといっても、北野敬という男が、夫の致命傷になりかねないことは、わかっている筈だよ。それなのに、彼女は、北野が、自宅に来たことがあると、いっているんだ」

「全て、わかっていて、北条刑事に、そう、証言したということですか？」

「多分ね」

「なぜでしょう？」

「これは、推測でしかないんだが、可奈子は、心の何処かで、夫の広瀬を憎んでいるんじゃな

いのかね」

と、十津川は、いった。

「そうでしょうか？」

「もし、夫の広瀬を愛していれば、口が裂けても、夫の不利になるようなことは、いわないだろう。彼女は、五年たった今でも、大原研一を、愛しているんじゃないのかな」

「大原は、すでに、六十九歳ですよ」

「愛情ってやつは、年齢には、関係ないさ。大原研一は、首相としては、凡庸だといわれた。だが、政治家の中では、もっとも教養がある文化人だと聞いたことがある。そんな大原に、可奈子は、本気で惚れていたんじゃないのかな」

「それなら、なぜ、五年前、広瀬と結婚したんですかね？」

「そこは、わからない。だが、広瀬と一緒になって、彼の無教養さとか、俗っぽさが、嫌いになってきているんじゃないかね。それで、彼を憎むようになっている。だから、夫が不利になることを知っていて、わざと、北野が、自宅に来たことまで、北条刑事にいったんじゃないかな」

と、十津川は、いった。

第五章　男と女

1

北野敬が、ジュエリー広瀬の従業員として、社長の家に顔を出したことがあるという、広瀬可奈子の話は、事実とみていいだろう。

十津川は、そう思った。

もちろん、社長の広瀬に聞けば、彼は、それは、妻の思い違いだというに決っていた。

証拠はないのだ。北野が、社長宅に現れたという証拠写真でもあれば、いいが、そんなものはないだろう。

「間違いなく、可奈子は、北野が来たことがあると、いったんだな？」

と、十津川は、早苗に、念を押した。

「はい。北野の写真を見て、うちの従業員だといいましたわ」

「それなら、間違いないと思うが、一つ、不自然なところがある」

「何でしょうか？」

「北野が、殺し屋で、社長の広瀬が、山陰地方の資産家や、政治家から、殺しを請け負って、大金を手に入れていたとする。そうだとしたら、北野は、彼にとって、もっとも危険な人間だ。そんな人間を、なぜ、自宅に来させたりしたんだろう？　なぜ、妻の可奈子に、会わせたりしたんだろう？　そこが、よくわからないね」

　十津川が、いうと、早苗は、こんなことも、いった。

「私が聞いたところでは、広瀬社長というのは、従業員を、自宅に招くようなことは、しなかったというんです」

「それは、誰に聞いたんだ？」

「ジュエリー広瀬の人間です。いわば、表の人間ですわ。それなら、北野のような裏の人間は、尚更、自宅に、呼ばなかったと思うんです。北野のことは、ニセのジュエリー広瀬の人間だと、いっていたんですから」

「常識で考えても、そうだろうな」

　十津川は、一層、難しい顔になった。

「可奈子は、北野の写真を見て、うちの従業員だと、いったとき、どんな表情をしていたんだ？」

　と、亀井が、早苗に、きいた。

「一瞬ですが、狼狽の色を見せましたが、そのあとは、平然としていました」

「それは、失敗した、まずいことを、いってしまったという気持なんだろうか？」

「私も、初めは、そう思いました。でも、今は、そうじゃないような気がしているんです」

「よくわからないが」

「彼女は、私が、会いに行ったときから、北野のことを、聞かれることを、覚悟していたんじゃないかと思うんです。これは、私の直感ですけど」

「私は、女性の直感を信じるんだ。それは、神さまが、女性に与えた力だと思っているからね」

十津川が、微笑して、いう。

「女性にだけ、神さまが、下さったんですか？」

と、早苗が、きく。

「そうだよ。男には、何かな。腕力かな。今の時代には、あまり役に立たない力だ。神さまは、女性には、その代りに、直感力を与えた。おかげで、男は、大いに迷惑している。それで、君の直感で、話を先に進めたまえ」

「可奈子は、私に、北野のことを聞かれると覚悟していた。もちろん、夫の広瀬からは、北野という男は、ジュエリー広瀬の名前を勝手に使っているイカサマ師だと、聞かされていたんだと思いますわ。だから、北野が、家に来たことを認めれば、夫の迷惑になることも、知っていたと思います。それでも、私に、北野が、来たとも、ジュエリー広瀬の従業員だとも、いったんです」

「一瞬、狼狽した表情になったのは、何なんだろう？　やはり、君に、いうべきではなかったと、思ったということか？」

「それは、違うと、思います。そのあと、彼女は、平然としていましたから」

「少し、矛盾しているね。覚悟して、君に、いったのなら、なぜ、一瞬でも、狼狽したのか、わからないがね」

と、十津川は、いった。

「大胆な意見をいって構いませんか？」

早苗が、十津川を見た。

「構わないよ。いってみたまえ」

「可奈子は、北野が、従業員の一人として、自宅に、来たことがあると、私に、いいました」

「ああ」

「あれは、嘘ではないかと、思うんです。今も、いいましたように、広瀬社長は、従業員を、自宅に呼ぶことはなかったといいますし、まして、自分にとって、命取りになりかねない北野を、呼ぶ筈はないと思うのです。会うなら、誰にもわからない場所にするでしょうから」

「じゃあ、なぜ、可奈子は、北野が、自宅に来たといったのかね？」

「従業員として来たのではなく、可奈子の恋人として、来たんじゃないかと思うのです」

と、早苗は、いった。

2

「なるほど、大胆な意見だな」

十津川は、宙に、眼を向けた。

その向うに、十津川は、岡田の顔を、思い浮べていた。

岡田が、話した、北野という青年のことを、思い出していた。

明るく、ロマンチックな感じの青年。そして、優しい青年だったという。

もちろん、殺し屋が、殺し屋らしく、振る舞う筈はない。むしろ、平凡な人間らしく、振る舞うだろう。

だが、岡田という人間は、表面的な演技に、欺(だま)されるような男ではない。それは、自分もよく知っている。

その岡田が、明るく、ロマンチックな感じの青年だと思ったのなら、その通りの青年だったに違いない。

そんな青年が、殺しを引き受けていたとすれば、そこには、どんな事情があったのか？

それも、十津川は、知りたいと思う。

また、十分に魅力的な青年なら、恋人がいても、おかしくはない。

その恋人が、広瀬可奈子ではなかったのか？

十津川は、最初、昔、関係のあった、政治家の大原研一を、今でも、愛しているのではないかと思った。

恋に、年齢はないから、六十九歳になった大原を、今でも愛しているとしても、不思議はないと、思ったのだ。

だから、大原から、結果的に、自分を離れるようにした、夫の広瀬を憎んでいるのではないか、とである。

「どうも、私が間違っていたらしい」

と、十津川は、亀井に、いった。

「考えてみれば、結果的に、大原研一は、可奈子を捨てたんだ。保身のためにね。そんな男を、愛し続ける筈がない。もし、好青年の北野と、傷心の可奈子が、知り合っていたら、愛し合うようになっていたとしても、おかしくはない」

「それを証明するためには、調べなければならないことが、沢山ありますね」

亀井が、慎重に、いう。

「そうだ。一番いいのは、可奈子が、全てを、話してくれることだが」

と、十津川は、いった。

「私が、もう一度、彼女に接触してみますわ」

早苗が、申し出た。

「彼女が、全てを話してくれればいいが、その点、君は、可能性があると思うかね？」

「わかりません。彼女が、夫の広瀬を憎んでいることは、間違いないと思います。それにも拘らず、今の生活を失いたくない気持も持っています。指に、夫に貰ったダイヤの指輪をしているのは、その証拠の一つだと思います。彼女が、資産家の一人娘として生れながら、クラブで働かなければならないところまで行った、その恐怖は、まだ、残っていると思います。当然だと思います。貧しさが好きな人間なんて、いる筈がありませんから」

と、早苗は、いう。

「そうだな」

「ですから、可奈子に、全てを話させるのは難しいと思いますが、やってみます」

「注意して欲しいことがある」

「何でしょうか？」

「北野敬が、城崎で殺されていることだよ。われわれの推理が正しければ、彼は、広瀬の命令で、山陰で、殺しを行っていた。その北野が殺されたのは、彼が、広瀬にとって、危険な存在になったからだろう。そう思わないかね？」

「思います」

「とすれば、可奈子だって、危険な存在になってくれば、消されかねないんじゃないか。君が、これから、可奈子に、度々、接触することになれば、当然、その危険が増してくると思わなければならない。社長の広瀬にしてみれば、妻の可奈子が、何を、警察に話すか、びくびくしているだろうと思うからだ。その点の配慮もしてくれないと、新しい悲劇を、生みかねない」

「わかっています。可奈子に会うにしても、家の外で、秘密裡に行うことにします」

と、早苗は、いった。

早苗は、そのために、一週間、可奈子の行動を、ただ、遠くから眺めることにした。

　可奈子が、いつ、何処へ外出するか、誰に会うことが多いか、それを、知るためだった。

　外で、会うとしても、電話で、可奈子を、呼び出すのは、まずいと思ったからである。自然の形で、会いたかった。

　可奈子が行く美容院が、まず、わかった。

　赤坂の美容院である。彼女が、六本木のクラブで、働いていた頃からの、なじみの店のようだった。

　着いた時間は、午後四時過ぎ。これも、多分、その頃からの習慣みたいなものなのだろう。午後四時に、美容院に行き、それから、クラブへ出勤ということになっていたのだと、早苗は、思った。

　昼は、外で、食べることが多いことも、わかった。銀座で食事をし、並木通りで、ショッピングを楽しむ。

　出かける時は、タクシーを呼ぶのだが、五日目に、珍しく、自分の車、シルバーのジャガーに乗って、自宅を出た。

　早苗は、覆面パトカーで、尾行した。

　午後一時二十分。

　昼食は、自宅で、すませたらしい。可奈子のジャガーは、中野、荻窪、三鷹と、西に向って、走る。

　いつもは、都心の六本木、銀座へ向うのに、今日は、郊外に向って行く。

　ジャガーは、武蔵境(むさしさかい)に入った。

　武蔵野らしい風景が、眼についてきた。

　雑木林があり、その中に、白い大きな病院があったりする。

可奈子のジャガーが、古びたマンションの横にとまった。

七階建のマンションで、「武蔵野コーポ」の名前が見えた。可奈子は、車から降りて、マンションの中に入っていった。

早苗は、道路の反対側に、車を止め、カメラを取り出して、そのマンションを、何枚か、撮った。

（ここは、何なのだろう？　彼女が夫に内緒に、使っているマンションなのだろうか？）

彼女が、浮気に使っているにしては、汚いマンションだなと、思った。もっと、洒落た、高級マンションにするのではあるまいか。

十分、二十分とたったが、可奈子は、出て来ない。

一時間近くたって、やっと、可奈子は、出て来た。そのまま、まっすぐ、ジャガーに乗って、走り出した。

早苗は、それを見送ってから、車を降り、眼の前のマンションに入って行った。

一階に、管理人室があり、五十歳ぐらいの女が一人、退屈そうに、テレビを見ていた。

早苗は、彼女に、警察手帳を示して、

「今、中年の女性が来たでしょう？」

「ええ」

管理人は、怯えたような表情になって、肯いた。

「ここの誰に会いに来たんですか？　それとも、ここに、部屋を借りてるのかしら？」

「七階の７０９号室に、行かれたんですよ。角部屋です」

「そこに、誰が住んでいるんです？」

「今は、誰も、住んでいませんよ。死んじゃったから」

と、管理人は、いう。

「死んだ――？」

「ええ」

「名前は？」

「北野さんです」

「北野敬さん？」

「ええ」

「部屋は、どうなっているんです？」

「そのままに、なっていますよ。今の女の人が、一年分の部屋代を払って、このままにしておいてくれって、いったんです」

「それで、時々、彼女は、ここに、やってくるんですか？」

「ええ。北野さんが生きていた時は、一週間に一回くらい」

と、管理人は、いってから、急に、窺うような眼になって、

「北野さんは、城崎で殺されたんでしょう？その捜査に、いらっしゃったの？」

「709号室へ案内して下さい」

と、早苗は、いった。

エレベーターで、七階にあがる。廊下を、端まで歩く。

709号室には、何の表札も出ていなかった。管理人が、マスターキーで、ドアを開けた。2DKの平凡な間取りの部屋だった。中に入り、明りをつける。

管理人も、興味津々という顔で、部屋をのぞく。

早苗は、それを押し出して、ドアを閉めてし

まった。

ドアの向うで、管理人が、小さく、舌打ちするのが聞こえた。

早苗は、苦笑しながら、改めて、部屋を見廻した。

六畳が、タテに二つ並び、その向うが、ベランダになっている。

入ってすぐの六畳が洋間で、簡単な応接セットが置いてある。まるで、事務所みたいに、そっけない。

次の六畳には、じゅうたんが敷かれ、ベッドが一つと、洋ダンス。

机も、テレビもない。ただ、壁には、山陰の句碑などを、拓本したものが、かかっていた。

洋ダンスを開けてみる。五、六着の背広やジャンパーが、かかっていた。

その洋服を、片方に寄せてみると、一枚の写真が、貼ってあるのが見えた。可奈子の写真だった。

（やはり、二人は、愛し合っていたのだ）

と、早苗は、思った。

この古いマンションが、かえって、人眼につかないと考えて、北野は、借りていたのかも知れない。

早苗は、なおも、洋ダンスの中を、探してみた。

部屋の中に、他に、何かを隠すようなところは、なかったからである。

洋ダンスの天井の部分を、指で探ると、テープで、何か、押さえているのが、わかった。

テープをはがして、手に取ると、預金通帳だった。

M銀行武蔵野支店の普通預金で、名義は、北野敬になっていた。

ページを繰ってみる。一千万円の入金が、三回。支出の方は、一ヶ月に、三十万ずつ。

一千万円は、一人殺すたびに、報酬として、受け取ったものか。

早苗は、通帳の出入金記録をメモし、部屋を出た。

3

その日、捜査会議が開かれ、北条早苗の報告と、預金通帳の記録が、披露された。

「これで、北野敬が、殺し屋をやっていたことは、間違いないことになりました」

と、十津川は、三上本部長に、いった。

「一人、殺すごとに、一千万円の報酬か」

三上が、ぶぜんとした顔になる。

「そうです。全て、三人の人間が殺された四日後に預金されています。三朝温泉で県議会議長の大内が三朝川で死んだ昨年四月の四日後、同じく昨年の四月、松江の宍道湖で病院長の中平が死んでいますが、その時も、四日後、また、一昨年の十月に、城崎で、ホテルのオーナー日置が首を吊っていますが、この時も、その四日後に、一千万円が、預金されています」

「一千万円の出所は、社長の広瀬か？」

と、三上部長が、きく。

「そうだと思います。ただ、証拠はありません。M銀行武蔵野支店で、聞いたところでは、金は、男が、現金で持って来たといっています。従って、振り込まれてはいないのです。広瀬社長が払ったという証拠はありません」

「一人、一千万円ねえ。高いのか、安いのかわからないね」

「殺しを請け負った広瀬社長は、その何倍もの金を、依頼人から、受け取っていたと思います」

と、十津川は、いった。

「殺し屋の北野が、広瀬社長の妻と、関係があったとはね」

「北条刑事の直感が、当ったんです」

「疑問が、いくつかある」

三上は、難しい顔で、十津川を見た。

「そうだと思います」

「北野という男は、いったい、何者なんだ?」

「わかりません」

十津川は、正直に、いった。経歴のはっきりしない男なのだ。

「北野が、殺し屋だとしよう。彼を雇っていたのは、広瀬社長ということになってくる。そうだろう?」

「その通りです」

「広瀬社長にしてみれば、自分と、北野との関係を知られるのは、一番困ることだろう?」

「そうです」

「それなのに、なぜ、北野は、ジュエリー広瀬の名刺を持っていたんだ? 誰が考えても、そんな名刺を、広瀬社長が、使わせる筈がないだろう?」

「もちろん、広瀬社長が、北野に、ジュエリー広瀬の名刺を使わせる筈がありません。だから、北野が、勝手に、使っていたんだと思います」

と、十津川は、いった。

「なぜだ?」

「北野は、自分が、いつ、消されるか、わからないと思っていたと思うのです。彼の存在は、ジュエリー広瀬の社長にとって、一歩間違えば、命取りですからね。だから、北野は、自分が不要になれば、必ず、消されると、考えていたと思うのです。だから、わざと、ジュエリー広瀬の名刺を使った。自分が消されれば、名刺のジュエリー広瀬が、疑われる。そうしておいたんだと思います。あの名刺は、保険のつもりだったんでしょう」

「自分を守るための保険か」

「そうです」

「だが、北野は、結局、城崎で、殺されてしまったじゃないか」

「そうです」

「彼は、なぜ、殺されたんだ？」

三上が、きく。

「理由は、二つ考えられます。私は、最初、北野が、妙な仏心を見せていたからではないかと、思いました。城崎で会った岡田さんの話では、北野は、優しい、スマートな青年に見えたといいます。つまり、北野に、優しさを感じているんです」

と、十津川は、いった。

北野が、今年、城崎へ行ったのは、新しい殺しのためではなく、今までに殺した人たちへの鎮魂のためではなかったのだろうか？

だからこそ、岡田の冷静な眼に、北野という青年が、穏やかで、優しい人間に見えたのではないのだろうか？

北野は、城崎、三朝、そして、玉造と、その旅を続けようと、思っていたのではないだろうか。

改心した殺し屋ほど、雇主にとって、危険な存在はない。

いつ、過去の犯行を自供するかわからないからである。だから、口封じに、北野は、城崎で殺されてしまったのではないのか。

通帳には、まだ、二千五百万近い残金が、記入されている。

北野は、その大金を、どうするつもりだったのか、十津川は、知りたかった。

彼が、自分のために、使うつもりだったとは、考えにくい。彼は、毎月の生活費として、三十万円しか、引き出していないのだ。それに、中古のマンションに、住んでいた。早苗が管理人に聞いたところでは、２ＤＫで、八万円の部屋代だという。

部屋の調度品などを見ても、北野は、禁欲的な生活をしていたように思える。唯一の楽しみは、拓本だったのではないか。

可奈子に、大金を残そうとしていたとも考えられない。彼女は、十分に、金持ちだからである。

では、何のために、北野は、金を貯めていたのか？

十津川は、それを知りたかった。それが、わかれば、謎に満ちた北野の経歴も、わかってくるだろう。

早苗には、マンションを、見張らせた。また、可奈子が、立ち寄るだろうと、思ったからである。

「可奈子は、北野のあの預金のことを知っていたと思いますか？」

と、亀井が、十津川にきく。

「もちろん、知っていると思うね。可奈子は、あの部屋のキーも、持っていたんだ。あの部屋で、二人は、会っていた。殺し屋の北野は、誰かに、自分のことを、知ってもらいたいと、思っていたに違いない。秘密の多い人間ほど、誰かに、それを話したい、知って欲しいという欲求にかられるものだからね。北野は、可奈子に、何もかも、話していたと思う。あの通帳のことも、どう、使うつもりかもだ」

「北野が死んだあと、可奈子は、彼の遺志を、実行に移したいと、思っているんでしょうか?」

「そのつもりだからこそ、彼女は、北野の部屋に行ったんだろう」

と、十津川は、いった。

「しかし、実行していませんよ」

「そこには、彼女なりの迷いがあるんだろうと思っている」

「迷いですか?」

「彼女も、微妙な立場にいるからな」

「夫の広瀬に対する遠慮ですか? 曲りなりにも夫婦ですから」

「それよりも、むしろ、死んだ恋人への遠慮じゃないかな。自分が、何かすることで、北野の素性が明らかになることが恐ろしいんじゃないだろうか。それは、死者に鞭打つことになってしまう。それが、怖いんだと、私は思うんだがね」

と、十津川は、いった。

「しかし、可奈子が動いてくれないと、事件の突破口が、出来ません。彼女に問いただしても、真相は、話してくれないと思います」

「そうだよ。今は、話してくれないだろう」

「やはり、じっと、待つしかありませんか？」

亀井は、いらだちを、表情に見せて、十津川にきく。

「待つこと以外に、何か、方法があるかね？」

十津川が、逆に、きいた。

「北条刑事の話では、可奈子に会っている時、鳥取の山根の名前で、電話があったそうです」

「ああ、そういってたね」

「あれは、間違いなく、鳥取県議会議長の山根五郎ですよ。前の議長の大内が殺されて、新しく議長になった男です」

亀井は、熱っぽく、いった。

「多分、そうだろう」

「北野が、大内議長を殺した。それで、新しい議長になれた男ですよ」

「ああ」

「きっと、何か、難しいことが起きて、あわてて、広瀬社長に、電話してきたんです。ところが、広瀬の妻が出た」

「私も、そう思うが」

「鳥取へ行って、山根五郎に、会ってみませんか。きっと、何かに、怯えているんです。それで、電話をかけてきたんです。大金を払ったんだから、何とかしろと、いうつもりだったんだと思います」

「山根に会って、少し脅かせば、ベラベラ、自分が、大内議長の殺しを、広瀬社長に依頼したことを、喋ると、カメさんは、思うのかね？」

と、十津川は、きいた。

「簡単に、喋るとは、思いませんが、山根が、怯えていることは、間違いありません。普通なら、広瀬との関係を、絶ちたいと思うのに、電話して来たんですから」

「しかし、なぜ、広瀬の自宅に、電話して来たんだろう。普通なら、新宿の店の方に、電話するだろう？」

「店へかけたが、広瀬が、いなかったんじゃありませんかね。だから、自宅の方へかけてきた。それだけ、山根が、切羽つまった状況だということだと思います。それに、付け込むことは、出来るのではないかと、思いますが」

「だが、なぜ、急に、山根は、そんな状況に置かれたんだろう？」

十津川は、首をかしげた。

「鳥取県警が、事件について、しつこく捜査しているからじゃありませんか？　大内議長の死因について、疑問を持ってです」

「それはないよ。鳥取県警は、あの事件を、結局、事故死として、捜査本部を解散してしまっているんだ」

「すると、何が、原因ですかね？　城崎の事件でも、松江の事件でも、所轄の警察は、事故死と、結論付けているんですから」

「誰かが、掻き回しているのかも知れないな」

と、十津川は、いった。

「警察以外の人間がですか？」

「そうだ。県警は、今のところ、動けないだろう。他殺の証拠は、どの事件でもないんだから」

「確かに、そうですね。捜査が、続行しているのは、北野が殺された城崎の警察だけだと思います。警部のいわれる通り、山根のことを、鳥取県警が、改めて、捜査することはありませんね」

「岡田さんかな」

十津川が、呟いた。

「あの岡田さんですか？　今度の事件を、徹底的に調べてみると、いっていた。岡田さんの動機は、多分に、北野敬に対する同情だが、あの人が、やるといったら、徹底的に調べるだろう。それに、岡田さんは、もう、刑事じゃない。民間人だ。何にも拘束されずに、自由に動ける。例えば、相手を脅迫することだって、出来るんだ」

「じゃあ、岡田さんが、山根五郎を、脅迫したと、お考えですか？」

「考えられないことじゃない」

と、十津川は、いった。

「しかし、なぜ、鳥取の山根五郎なんでしょうか？　今回の一連の事件で、城崎では、グランドホテル『山陰』のオーナーが死んだことで、トクをした人間がいますし、松江でも、トクをした人間がいます。その中から山根を、選んだのは、なぜですかね？」

「岡田さんは、あの人のことだから、全員を脅したと思うね。その中から、一番怯えた鳥取の山根が、広瀬に、電話したんじゃないのかね」

「もし、警部の推測された通り、岡田さんが、動き回っているとすると、彼も、危険じゃありませんか？」

「かも知れないが、岡田さんが、今、何処にいるか、わからないよ。それに、民間人の岡田さんを守るために、われわれ刑事が、勝手に動けないよ。まだ、危いかどうかわからないんだから」

「それでも、岡田さんは、守りたいですよ」

と、亀井は、いった。

「それなら、広瀬の動きを監視しよう。殺しのブローカー容疑の広瀬を、監視するのは、刑事として、当然のことだからな」

十津川は、西本と、日下の二人を、すぐ、広瀬の監視に行かせることにした。

4

少しずつ、事態が動いていると、十津川は、感じた。

(何人も殺されているのだ。動きがなければ、おかしいのだ)

と、十津川は、思った。

ただ、どう動くのか、予測が出来なかった。

今、十津川が、一番、いらだたしく感じるのは、全てが、状況証拠と、推理でしかないということなのだ。

北野の持っていた通帳に、大金が預金されているのが見つかったが、それが、殺しの報酬と想像はついても、そうだという証拠はない。肝心の北野は、死んでしまっているし、広瀬社長に問いただしても、否定するのは、わかっていた。

北野と、可奈子が、親しかったことはわかったが、北野が、全てを可奈子に話していただろうというのも、十津川たちの希望的な観測に過ぎないのである。

翌日の午後、広瀬の監視に当っていた西本と日下の二人から、十津川に、連絡が入った。

「広瀬が、出かけます」

と、いう。

「行先は？」

「まだ、わかりませんが、タクシーで首都高速を、羽田空港に向っています」

と、西本が、いう。

「行先は、鳥取かな」

「急な出発です。今朝は、新宿の店に出ていたんですが、突然、外出しました」

と、西本は、いった。

それなら、多分、鳥取の山根五郎から、電話があって、あわてて、会いに出かけるのだろう。

十津川は、そう思った。

再び、西本から連絡が入る。

「今、羽田空港です。広瀬の行先がわかりました。那覇です」

「沖縄のか？」

「そうです。広瀬は、商売に行くという感じで、アタッシェケースを持っています」

「鳥取で会うのは、まずいので、沖縄で、落合うことにしたのかも知れないな。君たちも、一緒に、沖縄へ行ってくれ」

と、十津川は、いった。

「広瀬が乗る飛行機が、わかりました。一四時一〇分発のＪＡＳ５５７便です。那覇着一六時四五分。私と、日下刑事も、この便に乗ります」

と、西本が、いった。

その三十分後に、今度は、北条早苗から、電話が入った。

「今、可奈子が、車で、到着しました。車から降りて、マンションに入って行きます。どうしましょうか？　出て来たら、尾行しますか？　それとも、彼女が、出て来たあと、部屋を、調べますか？」

「君は、可奈子を、尾行しろ。あとのことは、こちらでやる」

と、十津川は、いった。

前も、そうだったが、今度も、三十分ほどして、早苗が、

「可奈子が、出て来ました。これから、尾行します」

と、いって来た。

十津川は、すぐ、三田村刑事を呼んで、武蔵境のマンションに行くように、指示した。

「北野の部屋に入って、洋ダンスの中に、隠した彼の預金通帳が、どうなったか、調べて欲しい。可奈子が、持ち出したかどうかだ。もし、失くなっていたら、すぐ、連絡してくれ」

と、十津川は、いった。

約一時間後、まず、三田村から、連絡が入った。

「警部のお察しの通りです。洋ダンスの天井の預金通帳は、失くなっています」

と、三田村は、いった。

その直後に、早苗からの電話が、飛び込んできた。

「可奈子は、あれから銀行に行きました。例の通帳の銀行です」

「そこで、大金を引き出したんじゃないか？」

「はい。そうです」

「さっき、三田村刑事から、電話があった。武蔵境のマンションから、通帳が失くなっているんだ」

「可奈子が、持って出たんです」

「印鑑は、彼女が、持っていたのか？」

「そうです。前々から、印鑑は、彼女が、預っていたものと、思います」

「大金を、おろしてから、可奈子は、どうしたんだ？」

「いったん、家に帰りましたが、今度は、タクシーを呼び、また、外出して、今、東京駅にいます」

「東京駅？」

「正確には、東京駅の東北新幹線のホームです。彼女は、一六時〇四分発のやまびこ141号に乗ります。この列車の切符を買っています」

「行先は？」

「仙台です。私も、気付かれないように、乗車します。パトカーは、乗り捨てていきますので、あとを、よろしくお願いします」

と、早苗は、いった。

「仙台というと、作並温泉へ行くんですかね？」

亀井が、電話を了えた十津川に、きいた。

「かも知れないが――」

「作並なら、広瀬が生れた場所じゃありませんか？」

「広瀬は、そう自称しているんだ。広瀬の両親は、生活苦から、五歳の謙一郎を道連れに、松島の海で、一家心中を図った。両親は死んだが、五歳の謙一郎だけは助かり、それが今の広瀬社長だということになっている」

「宮城県警の話では、その点、あやふやみたいでしたね」

「そうなんだ。それが、今の広瀬かも知れないし、違うかも知れない。とにかく、一家心中した広瀬家というのは、孤立していて、身寄りがいないようだからね」

「可奈子は、それを確めに、行ったんですかね？」

「そこが、わからないんだよ。確めるのに、北野が残した大金が、必要だとは、思えないんだが」

十津川は、首をかしげた。

一七時四〇分。

西本からの連絡が入った。

「定刻より五、六分おくれて、那覇に到着し、広瀬は、海岸通りのPホテルにチェック・インしました」

「そのホテルに、鳥取の山根五郎は、来ているか？」

「まだ、来ていません」

「じゃあ、少し、おくれて来るんだろう。見張っていてくれ」

と、十津川は、いった。

一八時二二分。

早苗から、電話が入る。

「可奈子ですが、仙台に着き、今、タクシーのりばに、並んでいます」

「彼女の様子は、どうだ？」

「落ち着いています」

「落ち着いている？」

「はい、何か、決心がついたような。これから、尾行します」

急に、早苗の携帯が、切れた。可奈子が、タクシーに、乗ったのだろう。

5

十津川と、亀井は、捜査本部で、じっと、待った。

事態が動いているのだが、どうなるか、見当が、つかなかった。

　早苗から、電話が、かかった。

「今、奥松島に来ています」

「可奈子も、そこにいるのか？」

「彼女のタクシーが、ここへ来ています。奥松島にある病院に用があったようです。松島綜合病院で、入院患者も、三百人近くいる大きな病院です。ここの入院患者に用があったのか、職員に用があったのかわかりません。出て来たら、調べてみます」

　と、早苗は、いった。

　更に、一時間後に、早苗から、電話がかかった。

「可奈子が、誰に会いに来たか、わかりました。入院患者に会いに来たんです」

「何という患者だ？」

「名前は、わかりません」

「どういうことなんだ？」

「院長に、代ります」

　と、早苗がいい、男の声に代った。

「院長の水原です。この患者は、完全な記憶喪失にかかっていまして、うちでは、一応、松島文子という名前をつけています。推定年齢は六十歳から、七十歳で、三十七年間にわたって、うちに、入院しています」

「その松島文子ですが、なぜ、今日、女性が、面会に来たんですか？」

　と、十津川は、きいた。

「入院費の支払いと、今後も、お願いしますということで、二千万円を、置いていかれました」

「全く、関係のない入院患者の支払いに来たんですか？」

「いや、お子さんに、頼まれたといわれました」

「子供？　誰のです？」

「松島文子の子供です」

「よくわかりませんが」

「三十七年前に、収容したんですが、実は、その時、彼女は、妊娠していましてね。六ヶ月後に出産しました。男の子です」

「その子は、どうしたんですか？」

「施設に収容されました。今から、三年前ですかね、突然、訪ねて来て、母親のことを、聞かれました。いぜんとして、記憶喪失が治らないことを告げると、百万円を、置いていきました」

「その時、彼は、自分の名前を、いいましたか？」

「東京の住所と、北野敬という名前を、いわれましたよ」

「その後、何回か、訪ねてきたんですか？」

「五、六回、来られましたね。余裕が出来たら、家を買い、母親と一緒に住みたい。母親の最期を、自分が、看取りたいともいわれていました」

水原院長が、いった。

「その女性ですが、三十七年前、一家心中した広瀬一家の母親じゃないんですか？　両親と五歳の子供が、海に身を投げて、心中した事件です」

と、十津川は、きいた。

「確かに、そういう話もあったのは覚えています。しかし、何しろ、三十七年も、前のことですし、女性が、完全な記憶喪失になっているので、確認のしようがないのです」

「一家心中を図った広瀬さんですが、五歳の広瀬謙一郎だけが、助かったという話は、聞いていませんか？」

「聞いていません。そういうことは、警察の所管じゃないかと思いますが」

　と、水原は、いった。

「今日訪ねて来た女性ですが、名前は、いっていませんでしたか？」

「北野敬さんの親しい者だとは、いわれましたが、名前は勘弁して欲しいということでした。北野さんは、死んだということで、びっくりしております」

「北野敬ですが、なぜ、その名前なんでしょうか？　母親の名前は、わからないんでしょう？」

「収容された施設で、名付けたんだと思いますが、私どもでは、わかりません。ただ、ここにいる母親の子供であることは、間違いありません。私どもが三十七年前に預けた施設に確認しております」

　と、水原は、いった。

　十津川は、電話を切った。

　夜中になって、那覇の西本から、連絡が入った。

「まだ、山根は、来ておりません。フロントに頼んで、現れ次第、知らせてくれるように頼んでありますので、間違いありません」

「今、午後一一時五〇分だな」

「そうです。今日は、もう、現れないんだと、思います」

「明日、那覇で、落ち合うのかな。引き続いて、広瀬を監視してくれ」

　と、十津川は、いった。

　十津川は、今夜は、帰宅できないなと、思った。

亀井も、捜査本部に残っている。

「北野の出生の秘密がわかっただけでも、良かったですね」

亀井は、コーヒーを入れてくれてから、十津川に、いった。

「そうだね。収容されていた施設から辿っていければ、北野の経歴がわかってくるだろう」

「しかし、もし、松島文子が広瀬里子だとすると、広瀬と、北野は、兄弟という可能性が出て来ますね」

「あの二人の顔は、似ていないんじゃないか」

「そうですね。あまり、似ていませんね」

「今、奥松島の病院に入院している女性が、広瀬里子だとしたら、北野敬は、間違いなく、その子供ということになる。そして、彼と顔が似ていない広瀬は、広瀬謙一郎ではないということになってくる」

と、十津川は、いった。

「広瀬謙一郎の戸籍だけを、手に入れたということですかね？」

「それも、成人してからだろう」

「なぜ、そんなことをしたんですかね？」

「彼は、自分のちゃんとした戸籍を持っていたんだと思う。ただ、その名前では、不都合なことが出来てしまった」

「刑事事件ですか？」

「多分、そうだろう。それで、自分の年齢に合った戸籍を、手に入れようとしたんだと思う。そして、三十七年前、松島で、一家心中し、死体の見つからない三人の親子のことを知って、その五歳の息子に、化けることにしたんじゃないかな。広瀬一家には、知り合いが少かったから、彼が、広瀬謙一郎を名乗っても、文句をつける人間がいなかったんだと思うね」

「広瀬が、北野敬を知ったのも、その線ですかね？」

「考えられるね。彼は、広瀬謙一郎を名乗るようになってから、奥松島の病院に入ってる女のことを知ったんだと思う。それが、本当の広瀬謙一郎の母親だったら、自分がニセモノだとわかってしまう。いくら成人していても、母親なら、見破ってしまうかも知れない。そこで、調べたと思う。その結果、完全な記憶喪失だと知って、ほっとしたろうが、その時、新しく子供が生れたことを知った、というふうに」

「北野を見つけ出して、殺し屋に仕立てあげたということですかね？」

「どうやって、仕立てあげたかが、わからないな」

　と、十津川は、いった。

「普通は、金で釣るか、相手の弱味につけ込むんだと思いますが」

「そうだな。それを知りたいね。わかれば、広瀬を逮捕できる」

　と、十津川は、いった。

　広瀬可奈子は、この日、松島のホテルに、泊ることになったと、早苗が、知らせて来た。夫の広瀬が、沖縄に出かけたので、可奈子は、一泊旅行ができることになり、松島へ、出かけたのか？

　翌朝、まず、那覇の西本から、電話が、入った。いきなり、

「申しわけありません」

と、西本が、叫ぶように、いった。

「広瀬がいなくなりました」

「いなくなった？」

十津川は、腕時計に眼をやった。

まだ、午前七時五分になったばかりだった。

「こんな時間に、まだ、飛行機は、飛んでいないだろう？」

「もちろん、飛んでいません。船も動いていません」

「それなら、沖縄本島の何処かへ、行ったんだろう？」

「そうだと思い、今、日下刑事が、調べています」

「頼むよ」

十津川は、ぶぜんとした顔で、いったん、電話を切った。


亀井が、沖縄の地図を持って来た。それを見ながら、十津川は、

「広瀬は、山根に会うために、出かけたと思っているんだがね」

「那覇ではない場所で、会うことにしていたんじゃありませんか？　本島の糸満とか、首里とか」

「こんな朝早くか？」

「ええ。山根も昨日の中に、沖縄に行っていたんじゃないかと思います。ただ、広瀬は、尾行をまくために、わざわざ、那覇市内のホテルに泊り、深夜に、抜け出した――」

「西本刑事たちの尾行に、気付いていたのかな？」

「何ともいえませんが、二人が、そんなヘマをやるとは、思えませんから、広瀬の用心深さで

しょう」

と、亀井は、いった。
十五、六分して、西本から電話が入った。
「広瀬は、昨夜から今朝にかけて、タクシーは、呼んでいません。このホテルは海岸にありますから、ひょっとすると、歩いて行き、船に乗ったのかも知れません。海岸には、ヨットハーバーがあり、金さえあれば、モーターボートを貸す人間がいると思います。これから、日下刑事と二人で、調べて来ます」

と、西本は、いう。

また、三十分ほど、たって、日下が、連絡してきた。

「広瀬らしい男が、今朝の午前五時頃、大型のモーターボートをチャーターしたことが、わかりました」

「行先は？」

「多分、西表島（いりおもてじま）だろうということです」

「なぜ、西表島なんだ？　他に、石垣とか、宮古という島もあるだろう」

「石垣、宮古は、那覇から、飛行機が、飛んでいます。西表島には、船便しかありません」

「西表島に、なぜ、行ったんだろう？」

「わかりませんが、向うで、山根に会う気なんじゃありませんか」

「山根五郎にか」

確かに、他に、考えようがなかった。

「船で、西表島まで、どのくらいかかるんだ？」

「十四時間と、四十五分です」

「そんなに、かかるのか？」

「ですから、普通は、飛行機で、隣りの石垣島まで行き、そのあと、船に乗るそうです」

「それで、君たちは、西表島へ行って、広瀬を見つけるんだ」

と、十津川は、いった。

「どうもわからん」

十津川は、電話のあとで、首をひねった。

「広瀬の行動ですか？」

「そうだよ。西表島で、山根に会うのに、なぜ、こんなに面倒なことをするんだろう？　最初から、石垣まで飛行機で行き、そこから、西表島まで、船で行けばいいんじゃないかね？　あるいは、沖縄本島で会っても、石垣島で会ってもいいんだ」

「われわれの尾行を、まくためじゃありませんか？」

「それだって、ホテルから、深夜に抜け出すことで、出来るだろう。現に、西本と日下の二人は、広瀬が抜け出すことに、気付かなかったんだ。モーターボートを、チャーターしたんで、行先が、想像がついてしまったんだよ」

「確かに、そうですね」

「第一、会うためだけなら、別に、沖縄まで行く必要はないんじゃないか。むしろ、混雑している都心の方が、尾行を、まきやすい筈だ」

「確かに、そうですが」

と、亀井は、考えていたが、

「ひょっとして、広瀬は、山根の口を封じる気じゃありませんか？　殺すのなら、なるべく遠い所がいいと考えて、わざわざ、西表島を指定した。違いますか？」

「口封じか？」

「そうです。おじけづいた山根は、広瀬にとって、危険な存在になってきたんじゃありませんかね」

と、亀井が、いう。

「しかし、山根は、殺しを依頼したんだ。捕まれば、間違いなく、彼だって、刑務所行だ。それが、怯えて、全てを話すとは、思えないんだがね」

「しかし、岡田さんが、山根を追い廻して、そのため、彼が、怯えたんだと、警部は、考えておられるんでしょう？」

「ああ。そうなんだが――」

と、十津川は、いってから、急に、表情を変えた。

「ひょっとすると、広瀬は、岡田さんを、沖縄におびき出して、殺す気かも知れないぞ。エサは、山根五郎だよ」

と、十津川は、いった。

第六章　銃　声

1

山根をエサにして、岡田をおびき出して、殺すつもりだとすると、何も、西表島へ行く必要はないのだ。

むしろ、小さな島の方がいい。それも、沖縄本島に近い方が、逃げ易い。

西表島は、本島から遠く離れているし、人の姿も少ないだろう。だが、飛行機の便がないから、逃げるのは、難しいに違いない。

それに、広瀬は、モーターボートを借りて、本島を出発したのだが、西表島までは、十四時間以上かかるという。計画して、殺人をするには、きっちりと、時間通りに動くのは、難しいのではないか。外洋が、荒れていれば、時間通りには、船は、進まないからだ。

それを考えると、西表島と思わせておいて、本島の近くの島で、岡田を殺すつもりなのかも知れない。

それでも、十津川は、沖縄県警に、連絡し、西表島を警戒するように、要請した。

一方、西本と、日下には、すぐ、西表島に向うように、いった。

那覇から、石垣島まで、飛行機で飛び、石垣島から、船で、西表島へ行けば、広瀬より先に、西表島へ着ける筈だった。

しかし、十津川の不安は、的中した。

その日の夕方になって、西本と、日下が、西表島から、電話してきた。

「広瀬は、やって来ません。この西表島には、港が三ヶ所にあるのですが、その何処にも、広瀬のボートは、着いていません」

と、西本は、いう。

「山根と、岡田さんは、どうだ？　西表島に来ていないか？」

十津川が、きいた。

「沖縄県警にも、協力してもらって、二人の写真を見せて、聞き込みをやっているんですが、まだ、二人が来たという証拠は、つかめません」

と、西本は、いう。

（やはり、西表島ではないのか）

十津川は、唇をかんだ。

広瀬が、モーターボートを借りて、向ったのは、何処なのだろう？

翌日になって、西本と、日下から、連絡が入った。

「昨夜、広瀬が、ボートを返していることが、わかりました」

「何処へ行ったのか、わからないのか？」

「広瀬は、ボートを返すとき、何もいわなかったそうですが、燃料の消費量から見て、伊江島あたりへ行ったのではないかと、いうことです」

「伊江島か」

十津川は、沖縄の地図を広げてみた。

沖縄本島の中央部、本部半島の先にある島だった。

予想した通り、本島から、近い島だったのだ。

「それで、広瀬は、今、何処にいる？」

「時間的に見て、すでに、沖縄を離れたと思います」

と、西本は、いってから、

「これから、日下刑事と二人で、伊江島へ行って、本当に、広瀬が来たかどうか、調べて来ます。それに、岡田さんのことも」

「山根のこともだ」

と、十津川は、いった。

彼は、三田村刑事たちに、新宿のジュエリー広瀬と、彼の自宅を、見張らせ、広瀬が帰って来たら、すぐ、知らせるように、命じた。

「どうやら、おくれを取ったらしい」

と、十津川は、亀井に、いった。

「それは、岡田さんが、殺されたのではないかということですか？」

亀井が、不安気な顔になった。

「広瀬が、山根をオトリにして、岡田さんを、伊江島に誘い出したのなら、殺された可能性を否定できないよ」

と、十津川は、いった。

三田村から、連絡が、入った。

「今、広瀬が、タクシーで、自宅に帰りました」

「よし。すぐ、行く。君は、そのタクシーの運転手に、何処で乗せたか、聞いておいてくれ」

と、十津川は、いった。

亀井が、一緒に行きましょうというのを、断って、

「カメさんは、ここで、西本たちの連絡を、待っていて欲しい」

「連絡が入ったら、どうします？」

「私の携帯に、電話してくれ。私が、広瀬に会っている途中でも、構わない」

十津川は、それだけいって、広瀬邸へ向った。邸の近くにとめてある覆面パトカーで、三田村から、報告をきいた。

「タクシーの運転手の話では、羽田から、乗せたそうです」

「それでいい」

十津川は、肯いてから、広瀬邸のベルを押した。

広瀬が、自分で、ドアを開けて、十津川を、中に、招じ入れた。

二階の部屋で、広瀬が、コーヒーをいれてくれた。

「奥さんは？」

と、十津川が、きくと、

「多分、温泉に行ったんだと思いますよ。ひとりで、静かな温泉に行くのが、好きだから」

「例えば、城崎ですか？　山陰の」

「さあ、詳しいことは、知りません」

広瀬は、コーヒーに、手を伸した。

「広瀬さんも、旅行中だったようですね？」

十津川は、煙草に火をつける。

「なぜです？」

「昨日、お訪ねしたんですが、お留守だった」

「そうですか。ちょっと、旅行に出かけていました」

「何処へです？」

十津川が、きくと、広瀬は、眉を寄せて、

「私が、何処へ行っていたか、それが、問題なんですか？」

「それは、私の方で、考えます」

「どういう意味です？　刑事さんの一存で、旅行が、問題になったりするんですか？」

「沖縄へ行かれましたね」

「尾行していたんですか？」

「どうなんです？　那覇で、あなたを、見かけた、人がいるんです」

「ああ。行きましたよ。私は、沖縄が好きなんだ」

「ただ、好きなだけで、行かれたんですか？」

「今、バブルが、はじけて、商売は、大変です。疲れます。心身共にね。そんなとき、私は、コバルトブルーの南の海を、見に行くんですよ。それで、心が洗われ、また、働く意欲がわいてくる」

「沖縄には、何日、いらっしゃったんですか？」

「二日間かな」

「いろいろ、見て来られたんでしょう？　那覇以外、何処へ行かれたんですか？」

「ちょっと、待って下さいよ。私が、沖縄の何処を見て来ようと、それは、勝手でしょう？　それとも、法律に触れるんですかね？」

「ただ、知りたいだけです」

「何のためです」

「あなたのことを、知りたいから」

と、十津川は、いった。

「私が、何か犯罪を犯しているとでも、思っているんですか？　それなら、さっさと、逮捕すれば、いいじゃありませんか。どうなんです？」

広瀬が、険しい眼つきで、十津川を見つめた時、十津川の携帯が、鳴った。

「失礼します」

と、十津川は、断って、廊下に、出た。

「亀井です。今、伊江島から、西本と日下が、電話してきました」

「それで？」

「構いませんか？　このまま、話しても」

「構わないさ」

と、十津川は、いった。

広瀬が、部屋の端へ来て、聞き耳を立てているのは、わかっていた。

「岡田さんと思われる男の死体が、島の東の海岸で、見つかったと、いって来ました。一応、溺死ということらしいのですが、外傷もあるので、後頭部を殴られてから、海に、突き落とされた可能性もあると」

「やはり、岡田さんがね」

「そうです。それで、今、二人は、島内の聞き込みをやっています。島の三分の一は、今でも、米軍の用地ですが、観光地でもあるので、十四軒の宿泊施設があるそうで、それを、当ってみるそうです」

「伊江島には、本島から、船便があるのか？」

「本部港から、一日四便の船便があるそうです。時間は、三十分です」

「岡田さんは、その船で、島へ渡ったんだな」

「だと思います。多分、山根を追いかけてでしょう」

「おびき出されたんだ。犯人は、一日四便の船便ではなく、モーターボートを借りて、島へ行ったから、岡田さんは、不意を突かれたんだと思う」

「私も、そう思います」

「犯人も、誰かに、目撃されている筈だ。西本と日下の二人には、その点も、聞き込みをやるように、いってくれ」

と、十津川は、いった。

十津川は、携帯電話で、話しながら、ドアのところまで行き、急に、ドアを開けた。

広瀬が、あわてて、ドアの傍を離れた。

「何か、問題が起きたのかと、心配になってね」

と、広瀬は、いいわけがましく、いった。

「たいした問題じゃありません」

「それなら、いいんですが、警部さんに電話だというと、つい事件が起きたのかと、思いましてね」

「沖縄で、事件が起きました」

十津川は、相手の表情を見ながら、いった。

「沖縄――?」

「そうです。伊江島で、岡田という人の死体が、見つかったんですよ。ご存知でしょう？　岡田さんを」

「いや、そんな人は、知りませんよ。どういう人ですか？」

「昔の私の先輩です」

「じゃあ、刑事さん」

「そうです。退職してからは、警備会社に勤めていました。ＳＯＳという会社ですが、知りませんか？」

「ＳＯＳ――？」

「おたくの会社が、ジュエリーフェスティバルをやったときに、警備を頼んだ会社ですがね」

十津川がいうと、広瀬は、あわてて、

「その会社なら知っていますよ。しかし、そこの社員の名前までは、知りません。当り前でしょう？」

「この人なんですがね」

十津川は、岡田の顔写真を、広瀬の前に、置いた。

広瀬は、一応、手に取って見ていたが、

「覚えていませんねえ。ＳＯＳの責任者は、覚えているんだが」

「岡田さんは、フェスティバルの警備の責任者として、来ていた筈なんですがね」

「いや、私のいうのは、ＳＯＳの社長のことです。現場の警備員は、全員、同じ顔に見えるんですよ。制服のせいでしょうね」

「ジュエリー広瀬の北野敬さんが、城崎で、殺されましたね」

十津川が、いうと、広瀬は、首を激しく、横に振って、

「うちの社員じゃありません。ニセ社員です。だから、彼のことについて、全く、うちの会社は、関係ありません」

「ジュエリー広瀬の名刺を、持っていましたが」

「名刺なんか、どう流れて、その男の手元に行ったかわかりませんよ。それに、名刺なんか、いくらでも印刷できますからね」

「しかし、奥さんは、ここで、北野敬に、会ったと、おっしゃっていましたよ。社員の一人として、遊びに来たことがあると」

十津川は、じろりと、広瀬を見た。

一瞬、広瀬の顔が、ゆがむ。

「それは、家内の勘違いでしょう。前にもいったと思いますが、私は、社員は、自宅に呼ばないことにしているんです。公私混同は、いけませんから」

「じゃあ、勝手に、遊びに来たということです

かね？」

十津川は、わざと、突っ込んで、いった。

「家内の、勘違いですよ」

と、広瀬は、繰り返した。

「広瀬さんは、東北の出身だということでしたね？」

「そうです。もう、両親が、死にましたが、前にも、お話ししたんじゃありませんか」

「そうでしたかね。ところで、奥さんは、温泉に行かれたということですが、本当ですか？」

「なぜです？」

「実は、奥さんを、松島で見かけたという噂を聞いたんですよ。奥松島です」

「――」

広瀬は、黙って、じっと、窓の外を見つめていたが、そのままの姿勢で、

「警察が、尾行しているんじゃありませんか？私や、家内を」

「いや、今のところ、あなた方夫婦を、尾行する必要は、ありません。それとも、何か、後ろ暗いところでもあるんですか？」

「そういうのは、揚足取り（あげあし）っていうんじゃありませんかね」

「正直にいいましょう」

十津川は、急に、語調を変えた。

「尾行を認めるんですか？」

「尾行というより、われわれとしては、ガードしているつもりなのですよ」

「ガードですって」

「それを、これから、説明します。お聞きになりますか？」

十津川は、広瀬を、見た。

広瀬は、黙っている。が、聞きたいことは、わかった。彼にしてみれば、警察の動きや、思惑を、何よりも知りたい筈なのだ。

「山陰で、立て続けに、殺人がありましてね」

「それは聞いていますよ。うちのニセ社員が、それに、関係しているというんでしょう？　だが、私にも、うちの会社にも関係がありませんよ」

「岡田さんは、この一連の事件を、ひとりで、調べていたんです。われわれに、協力してくれていたわけですよ。その岡田さんが、沖縄で殺されました」

「それも、私とは、関係ない」

「だが、あなたが、沖縄へ行かれていた時に、殺された」

「偶然ですよ。同じ時に沖縄へ行った観光客なんか、私だけじゃない。何十人、何百人もいた筈だ」

「それに、ジュエリー広瀬の北野敬さんのことですが」

「ニセ社員です」

「彼も、あなたと同じ東北の出身らしいのですよ」

「らしい――？」

「それも、松島あたりのです。そこへ、あなたの奥さんは、出かけている」

「――」

広瀬は、急に、黙ってしまった。十津川は、構わずに、

「今回の一連の事件には、どうも、偶然にしては、符合が多過ぎるんですよ」

「――」

まだ、広瀬は、黙っている。何かが、あとを引いているのだろうか？

「広瀬さん」

と、十津川が、呼びかけて、やっと、広瀬は視線を向けた。

「どうされたんですか？」

「何がですか？」

「何か、気になることが、あるみたいですね？」

「そんなことはない」

広瀬は、あわてて、いった。

「あなたと、大原研一さんのことや、奥さんとのことも、いろいろと、聞いていますよ」

十津川は、わざと、広瀬の過去について、触れていった。

「大原さんは、鳥取出身の政治家だから、その縁で、ジュエリー広瀬が、山陰地方の資産家に、お得意が多くなったとも聞いています」

「私のことを、ずい分、調べましたね。なぜ、私のことを、調べるんです？　私は、何の容疑で、調べられているんですか？」

「別に、あなたのことだけを、調べていたわけじゃない。事件の関係者を、全員、調べているんです。例えば、山根五郎さん」

「山根――？」

「今、鳥取県議会議長をしている方です。よく、ご存知でしょう？」

「いや、知りませんよ」

「そうですかね。ジュエリー広瀬から、高価な宝石を、時々、購入しているんじゃありませんか？」

「私のところで、宝石を買って下さる、お得意さまは、何人もいらっしゃいますよ」

「常連客のリストを見せて頂けませんか」

と、十津川は、いった。

「なぜです？　前にもいったように、大事なお得意のリストは、簡単には見せられませんよ」

「どうしてです？」

「お得意のプライバシーに関係してくるからですよ。特に、高価な宝石を買っていることなんか、知られたくないでしょう。税金のこともあるし、盗難だって、心配になるじゃありませんか。奥さん以外の女性に、プレゼントしたとなれば、家庭不和の原因にだってなる」

「つまり、令状が、必要だということですか？」

「その通りです。ちゃんとした令状がね」

「今度、持って来ましょう。いや、今、持って来させましょう」

十津川が、いうと、広瀬は、急に、

「いいでしょう。お見せしますよ。うちの会社の上客リストです」

と、いった。

広瀬は、奥へ消え、しばらくして、一冊の帳簿を持って、戻ってきた。

「一年間に、百万円以上、宝石を買って頂いた方のリストです。ＶＩＰリストですから、絶対に、口外しないで下さい。ご迷惑をかけてしまいますから」

と、広瀬は、いう。

「拝見します」

十津川は、そのリストを、丁寧（ていねい）に見ていった。

彼の知っている有名タレントの名前ものっていた。しかし、そこには、山根五郎の名前はない。

松江の事件で、中平病院の跡とりになった息子夫婦の名前も、出ていなかった。

　大原研一代議士の名前もである。

「これを、お借りしていいですか？」

　十津川が、きくと、広瀬は、きっとした顔になって、

「それは困ります。どうしてもというのなら、今度こそ、令状を、持って来て下さい」

と、いった。

「では、また、伺うことになると思います」

　十津川が、腰を上げ、二階から、一階におりる。広瀬は、送って来ない。

　玄関を出ようとしたところで、声をかけられた。

　振り向くと、広瀬の妻の可奈子だった。

「帰っていらっしゃったんですか」

と、きくと、

「これを」

と、茶封筒をそっと渡した。

「何です？」

　十津川が、きくと、可奈子は、黙って、また、廊下の向うに、姿を消してしまった。

2

　十津川は、捜査本部に戻ってから、可奈子が渡した茶封筒を、開けた。

　中には、一冊の帳簿が入っていた。いや、正確にいえば、そのコピーだった。

　十津川は、そのページを繰っていった。

（あった！）

　と、思った。山根五郎の名前も、中平病院の息子夫婦と、「ニュー・きのさき」のオーナーの名前もである。

毎月、百万円ずつ、宝石を購入していた。多分、これからも、毎月、買っていくのだろう。

それが、殺しの報酬といったらいいのか、それとも、成功報酬といったらいいのか。

それは、北野を使って、殺しを請け負っていた広瀬の方からのいい分で、山根五郎たちの側から見れば、口止め料というのが、正確だろう。

亀井が、そのVIPリストを、のぞき込んだ。

「秘密の帳簿ですか？」

「ああ。ジュエリー広瀬の裏の商売のリストだ」

「これで、逮捕できますか？」

「どうかな。広瀬は、ただの商売の帳簿だと主張するだろうし、山根五郎も、中平病院の息子夫婦も、そういい張るだろう。宝石を買って、どこが悪いんだとね」

「殺しを証言してくれる北野敬は、口を封じられてしまいましたからね」

と、亀井もいう。

「だが、これは、ジュエリー広瀬が、殺しを請け負っていたという状況証拠にはなる」

「確かに、状況証拠ではありますね」

「殺しを依頼した方が、広瀬に依頼したと自供する可能性は、期待できないと思うね。殺しを実行した人間よりも、依頼した方が、罪が重いからだ」

「すると、山根や、中平病院の息子夫婦たちの自供は、まず、無理ですか？」

「岡田さんは、それが、可能だと思って、山根を追いかけて行ったんだと思うね。山根を追い詰めれば、殺人を広瀬に依頼したことを、自供するのではないかとね。岡田さんらしい考え方だが、山根は、追いつめられたが、自供する代りに、岡田さんを殺してくれと、広瀬に、また、依頼したんだと思う」

と、十津川は、いった。

十津川のそうした推理を裏書きするように、伊江島へ渡った西本と日下の二人から、連絡が入った。

「伊江島東部のRホテルに、昨日から、山根五郎が、泊っていることが、わかりました。リゾートホテルで、同じホテルに、同じく、昨日から、岡田さんも、泊っていました。岡田さんの方が、一時間ほど、おくれて、チェック・インしています」

と、西本は、いう。

「岡田さんが、山根を追いかけて、わざと、少しおくれて、島に渡ったんだろう」

「岡田さんの方は、田代という偽名で、チェック・インしています」

「多分、そこで、山根が、広瀬と落ち合うと、考えたんだろう。ところが、二人は、そんな岡田さんを、罠にかけたんだ」

「そうだと思います。山根は、昨日の夕方、夕食のあと、ひとりで、外出し、岡田さんも、それを追うように、ホテルを出たと、フロントは、証言しています」

「岡田さんは、誘い出されたんだな。海岸では、ボートでやってきた広瀬が、待ち伏せていて、岡田さんを、殴りつけ、海で、溺死させたんだろう。それで、山根は、どうしている？」

「明朝、チェック・アウトすると、ホテルには、いっているようです。どうしますか？　訊問してみますか？」

と、西本が、きく。

「そうだな。少し、脅してみてくれ」

と、十津川は、いった。

3

翌朝、西本と、日下の二人は、リゾートホテルRのロビーで、待ち構えていて、部屋から出て来た山根をつかまえた。

西本たちが、警察手帳を、突きつけると、山根は、さすがに、顔色が変った。

岡田の動きばかりに注意していて、西本たちには、気がつかなかったらしい。

それでも、声の方は、しっかりと、

「本庁の刑事さんが、私に、何の用です？」

と、きいた。

「昨日、この近くの海岸で、岡田という人が殺されましてね。このホテルには、田代という名前で、チェック・インしていたんですよ」

西本が、相手の表情を見ながら、いう。

「私には、関係ないでしょう」

「一昨日の夕方、あなたは、夕食のあと、外出されましたね？」

「ええ。夕方の景色が、きれいだというので、見に出かけました。トワイライトの景色です」

「それで、島の何処へ行ったんですか？」

「私は、この島へは、初めて来たんだから、何という地名かは、わかりませんよ。とにかく、海岸へ出て、しばらく、海を眺めていたんです。夕べの海が、きれいでしたよ。そのあと、少し寒くなったんで、ホテルへ帰りました。それだけです」

「ジュエリー広瀬を知っていますね？」

日下が、きいた。

一瞬の迷いがあってから、

「ええ。知っていますよ。多分、一度は、宝石を買ったことがあると思います。もちろん、私のではなく、家内のですが」

「その広瀬社長が、この島へ来ていたという話があるんですが、お会いになりませんでしたか？」

「いや、知りません。第一、私は、店で、宝石を買ったことがあっても、社長さんと、親しくはありませんから」

「顔も、知らないということですか？」

「写真で、顔は、知っていますよ。ただ、話をしたことはありません」

山根は、用心深く、答える。

「この伊江島へは、なぜ、来られたんですか？」

今度は、西本がきいた。

「もともと、沖縄が、好きなんです。前にも、何回か来ています」

「なぜ、伊江島なんですか？　他にも、石垣とか、西表とか、楽しい島はあるんじゃありませんか？」

西本が、きくと、山根は、

「伊江島には、大きなアメリカ軍の基地があります。それは、沖縄の現実を、象徴しているような気がしましてね。だから、この島へ来てみたんです」

「しかし、この島のアメリカ軍基地は、見に行ってないんでしょう？」

「わざわざ見に行かなくたって、米軍の飛行場に、艦載機が、飛んで来てるじゃありませんか。あの爆音を聞けば、いやでも、この島の現実が、わかって来ますよ」

と、山根は、ニヤッとした。

「一昨日の夕方、あなたと、岡田さんが、海岸を一緒に歩いているのを見たという人がいるんですがね」

西本が、カマをかけてみたが、山根は、またニヤッと笑って、

「私は、ずっと、ひとりでしたよ。ひとりで、海を眺めてたんです。誰にも、会っていませんよ」

と、いった。

これは、多分、本当だろう。

山根は、広瀬と、前もって、打ち合せをしたうえで、この伊江島へ来たのだろう。

岡田が、尾行しているのを、承知でである。

夕方、思わせぶりに、外出すれば、岡田が、ついてくることも、承知の上だったのだ。

広瀬とは、島のどの海岸に行くかは、決めてあって、そこには、広瀬が、チャーターしたモーターボートで、来ていた。

山根が、その近くを歩く。岡田も、その後をついてくる。それを、広瀬が、待ち伏せしていて、背後から、岡田を殴りつけ、海に放り込んで、溺死させた。

それがすむと、広瀬は、すぐ、ボートで、沖縄本島に帰り、山根も、ホテルに戻る。従って、山根が、岡田とも、広瀬とも会っていないのは、事実だろう。

「実は、岡田さんというのは、われわれと同じく、以前、捜査一課で、働いていたんです」

西本が、語調を改めて、いった。

「元刑事さん？」

「そうです。退職したあと、警備会社で働いていて、ジュエリー広瀬のジュエリー・フェスティバルの警備などを引き受けたことがありましてね。その関係で、彼は、広瀬さんに興味を持っていたんです。それと、北野敬という男についてです。北野敬さん、知っていますね？」

「いや、知りませんよ」

山根は、あわてて、いった。

「本当に、知りませんか？」

「何故、私が、知ってなければ、いけないんですか？」

山根が、反論した。

「おかしいな。亡くなった大内さん。前の鳥取県議会議長さんですが、彼の死に関係があった男なんですよ。本当に知りませんか？」

西本が、きくと、山根は、狼狽した表情になって、

「大内さんが、亡くなったのは、ショックでしたが、そのことで、北野という男の名前が出ていたことは、覚えていません」

「大内さんのことは、尊敬されていたんでしょう？　そういう談話を見たことがありますよ」

「それは、県議会の先輩ですから、もちろん、尊敬していましたよ」

「大内さんの死が、一応、溺死だが、他殺の疑いがあった。また、その噂が絶えなかったことは、確かなんでしょう？」

「ええ。噂はありました」

「その噂の中に、北野の名前が出て来ていた筈なんだが、覚えていらっしゃらない？」

「ええ」

「美千代という芸者は、ご存知でしょう？」

「ええ。大内さんがひいきにしていた芸者さんですから」

「その美千代に、百万円の宝石を売りつけようとしていたのが、北野で、大内さんは、二人に会うために出かけて、その途中、三朝川に落ちて死んだんです」

「ええ。それは、知っています」

「しかし、北野の名前は、聞いたことがない？」

「ええ」

「なら、いいでしょう。岡田さんは、この事件に興味を持って、ひとりで、調べていたんです。彼は、大内さんは、殺されたと考えた」

「私は、関係ない。大内さんが亡くなったとき、私には、ちゃんとしたアリバイがある。それは、警察も、知っていますよ」

「そうでしょうね。だから、岡田さんは、殺し屋がいたと考えたんです。それが、北野です」

「殺し屋ですか？　オトギ話みたいですね」

と、山根は、笑う。

（お前が、その殺し屋に依頼したんだろう）

と、西本は、思いながら、

「誰が、北野に、大内さんの殺しを依頼したんだろう？　岡田さんは、もっともトクをした人間は、誰だろうかと考えたんです。それで、あなたの名前があがった」

「私が？　私には、アリバイがあるんですよ」

「だから、殺し屋を雇った。岡田さんは、そう考えて、あなたを監視し、尾行して、この伊江島へ来たんです」

「驚いたな。私を尾行して、この島へ来たんですか？」

「そうです」

「全く知りませんでしたね。今もいったように、私は、岡田さんという方を、知らなかったんです」

「ちょっと、信じられませんがね」

「事実です」

「われわれとしては、岡田さんが、あなたを、尾行して、この伊江島へやって来て、殺されたと考えています」

「だから、私を疑っているんですか？」

「いや、あなたは、直接、自分で殺る人間じゃない。いつでも、金の力を借りる人で、自分は、手を下す人じゃない」

西本が、いった。

「まるで、私は、金で人を雇って、ダーティな仕事をさせているみたいないい方ですね」

山根は、むっとした顔になっていた。

西本は、構わずに、

「われわれは、その線で、捜査していくつもりです」

「告訴しますよ」

「どうぞ。あなたが、広瀬社長と通じて、北野を雇い、大内さんを殺させたことが、証明されると、あなたは間違いなく、死刑になりますよ。われわれの推理が正しければ、あなたは、二人の人間の殺しを、依頼してるんですからね。大内さんと、岡田さんの二人の殺しをです」

「私は、現在、鳥取県議会の議長だ」

「大内さんが亡くなったので、議長になったんでしょう」

「すぐ、弁護士に頼んで、君たちを、告訴する。鳥取県議会議長に対する侮辱だ」

山根の顔が、赤くなっている。

「それなら、早く、電話した方がいいですよ。いつ、広瀬社長が、追い詰められて、全てを自供するかも知れませんよ」

日下が、脅した。

4

「あのあと、山根は、間違いなく、広瀬に、連絡を取ったと思います」

と、日下は、十津川に、電話で、いった。

「そうだろうな。山根は、金で雇って、大内や、岡田さんを、殺させたが、彼自身は、意気地がないと思う。いざとなれば、広瀬に、泣きつく筈だ」

十津川は、そう、いった。

十津川は、鳥取県警に電話して、事態の動きを、県警本部長に伝えた。

山根五郎の話をしてから、

「松江市内の中平病院の院長、中平さんが死んだことにも、改めて、不審な点が、出てきています。中平院長の息子夫婦が、広瀬社長に、金を払って、院長を殺させた疑いが、出て来ているんです」

「その殺し屋が、北野敬という男だというのかね？」

「そうです。他にも、もう一件、北野が動いたと思われる事件があります」

「本当に、殺し屋が、動いたのか？　俄かには、信じがたいが」

「信じて頂きたいのです」

「しかし、中平院長の事件は、すでに、事故死ということで、解決してしまっている。再捜査は、難しいがね」

県警本部長の困惑した顔が、眼に見えるようだった。

「もちろん、今の段階で、捜査を再開して下さいとはいいません。ただ、中平夫婦に、ちょっと、圧力をかけて下さるように、お願いしたいのです」

「圧力というと？」

「夫婦が、ジュエリー広瀬の社長を通じて、父親の殺しを頼んだ。その謝礼として、毎月百万円くらいの宝石を、買っている。殺し屋の名前は、北野敬。その北野も、口封じに殺されてしまった。この件で、警視庁が動いていて、広瀬社長も、相当、動揺している。そんなことを、中平夫婦に、伝えて欲しいのです」

「それで、効果があるのかね？」

「あると、確信しています」

と、十津川は、いった。

「わかった。うちの刑事を、中平病院に行かせることにしよう」

と、県警本部長は、いってくれた。

中平夫婦は、きっと、広瀬に、相談するだろう。大金を払い、今も、毎月、百万円の宝石を買っているのに、警察から、圧力がかかってくるのは、どういうことだと、広瀬に、文句をいうに違いない。

山根が、それをやり、広瀬は、仕方なく、自分で、岡田を殺さなければならなくなったと、十津川は、見ていた。

殺しのアフターケアということだろう。

客というのは、どんな職業だって、わがままで、文句をいう。

殺しのビジネスだって、同じなのだ。いや、大金を払い、下手をすると、自分の命取りになって、刑務所に放り込まれるから、もっと、シビアだろう。

客も、引受人も、一蓮托生だから、広瀬も、仕方なく、岡田殺しに、自分が、手を下さなければならなかった。

北野という、有能な殺し屋を失ってしまっているからだ。

中平夫婦が、文句をいって来たら、広瀬は今度は、どうするだろう？

「楽しみだな」

と、十津川は、亀井に、いった。

「そうですね。広瀬が、弁護士を立てて、警察に、中平夫婦を調べたりするなと、文句をいうことも出来ませんからね。中平夫婦とは、表向きは、全く知らないことになっているんですから」

亀井が、笑う。

「そうだよ。だが、中平夫婦にしてみれば、広瀬に、文句をいいたくなるだろう。多分、大金を払えば、全く、安全に、院長を殺してくれることになっていたんだろうからね」

と、十津川は、いった。

「広瀬はどうするかですね。貰った大金を、返すことも出来ないでしょう。そんなことをすれば、ヤブヘビですから」

「もう少し、圧力をかけてみよう」

と、十津川は、いい、可奈子がくれた帳簿の写しを、もう一部、コピーして、鳥取県警に送ることにした。

それには、次の文章を、添え書きした。

〈中平夫婦は、広瀬社長との関係を、否定すると思います。その時には、この帳簿の数行を、見せて下さい。夫婦は、殺しの謝礼として、今も、毎月、百万円の宝石を、購入している証左です。この裏帳簿を、すでに、警察が入手していることを知れば、中平夫婦も、動揺するものと、思っていますので、よろしく、お願いします〉

「これは、効果があると、思うよ」

と、十津川は、ＦＡＸを送ってから、亀井に、いった。

「私も、そう思いますが、可奈子は、どうして、この裏帳簿を、警部に、渡したんですかね?」

亀井は、その方が、興味があるという顔で、いった。

「明らかに、彼女は、夫の広瀬を、憎んでいるよ」

と、十津川は、いった。

「理由は、何でしょうか?」

「私は、彼女が、北野敬を、愛していたんじゃないかと、思っているんだ。そして、北野が、夫の広瀬に、殺されたことも、うすうす、感づいているんじゃないかな。だが、証拠は、つかんでいない」

「それで、彼女らしい復讐をしているということですか?」

「証拠はないが、私は、そう見ているんだ」

「夫の広瀬の方は、どうなんでしょう? 妻の可奈子が、そんな気持でいることに、気付いていないんでしょうか?」

亀井が、きく。

「いや、われわれでさえ、感じているんだから、一番、身近にいる夫の広瀬が、気付かない筈はないよ」

「じゃあ、危険ですね」

と、亀井は、いった。

「ああ、危険だ。広瀬は、彼女を、殺すかも知れない。裏帳簿が、警察に流れたと知れば、犯人は、妻とわかって、余計、彼女に対する殺意を、大きくするだろうね」

「広瀬にとっても、可奈子は、危険な存在ですね」

「そうだ。彼女が、どこまで、広瀬の秘密を知っているかわからないがね。北野を愛していたとすれば、彼から、殺しのことを、詳しく聞いていることも、考えられる」

と、十津川は、いった。

「なぜ、それを、警察に、話してくれないんでしょうか？」

「彼女は、彼女なりの方法で、復讐しようとしているのかも知れない。私は、そう思っている」

「それでも、危険ですよ。岡田さんだって、自分の方法で、今回の事件を調べていて、殺されてしまったんです」

「わかっている。だが、可奈子という女は、われわれが、警察に協力しろといっても、その通りに動く人じゃないんだ。しばらくは、見守っているより仕方がない」

十津川は、固い表情で、いった。

翌日を、十津川は、緊張した顔で迎えた。

昨夜、鳥取県警の刑事が、中平夫婦に会った筈である。

と、すると、今日、中平夫婦は、広瀬に、電話するだろう。いや、昨夜おそく、連絡したかも知れない。

その時、当然、中平夫婦は、裏帳簿のことも、広瀬にいうだろう。怒りをこめてである。あんなものが、警察の手に渡っている。殺しを依頼した証拠に、なりかねないとである。

広瀬は、どうするか？

裏帳簿を、警察に渡したのは、妻の可奈子に違いないと、考えるだろう。

彼女に対する殺意は、当然、強くなっている。

十津川は、急に、亀井を呼んだ。

「広瀬邸に、行ってみよう」

「可奈子が、危険ですか？」

亀井も、それを、考えていたらしい。

「ああ。そうだ。いきなり、可奈子を殺すようなことはしないと思うがね」

と、十津川は、いった。

二人は、パトカーで、広瀬邸に向った。

「可奈子は、何を考え、何を期待しているんでしょうか？」

途中で、亀井が、首をかしげて、いった。

「北野を愛していたなら、その復讐だろうね」

「しかし、広瀬を、警察に逮捕させることが、目的のようには、見えませんね。それなら、何もかも、われわれに、話してくれれば、いいんですから」

「他の形の復讐かな？」

「どんなですか？」

「それがわかれば、心配はしないんだが」

広瀬の邸に着いた。

ひっそりと、静まりかえっている。

二人はパトカーからおりて、玄関のインターホンを鳴らした。

だが、応答がない。

「おかしいな、会社には出ていない筈なんだが」

と、十津川は、呟いた。それは、電話で、確認してあった。社長の広瀬は、出社していないと。

もう一度、亀井が、インターホンを鳴らしたとき、突然、鋭い銃声が起きた。

続いて、もう一発。

思わず、十津川と亀井は、顔を見合せた。

次の瞬間、二人の刑事は、中庭に駈け込み、ガラス戸を、蹴破っていた。ガラスが、砕け散る。強化ガラスでなかったことが、ありがたかった。

一階に、人の気配はない。

十津川と、亀井は、二階に、駈けあがった。

かすかに、硝煙の匂いがしてくる。二人は、奥の部屋に、飛び込んだ。

二階の居間に、広瀬が、茫然として立ちつくし、床には、可奈子が、血まみれで、仰向けに倒れていた。

十津川は、広瀬の持っている拳銃を奪い取ると、

「カメさん！　救急車」

と、叫んだ。

床に倒れている可奈子の白いワンピースの胸のあたりは、真っ赤に血で染まり、血が、止まらない。

救急車が来て、可奈子を、運んで行った。

「まあ、座りなさい」

十津川は、広瀬を、ソファに、座らせた。

亀井が、鑑識を呼ぶ。

花柄のじゅうたんにも、可奈子の身体から流

れた血が、しみ込んでいる。

「家内が、拳銃で、私を射とうとしたんだ」

広瀬が、声をふるわせて、十津川に、訴えた。

「しかし、実際に、射たれたのは、奥さんだ」

「私が、取り上げて——」

「奥さんを射った」

「ああ。むしゃぶりついてきて、拳銃を奪おうとしたから、仕方なくだ。正当防衛だ」

「二発も射つと、正当防衛と、いえなくなるんじゃないか？」

「そこにあるナイフで、私を、刺そうともしたんだよ」

広瀬は、床に落ちているナイフを指さした。

小さな果物ナイフだった。

「奥さんが、身を守ろうとして、ナイフを手にしたということも考えられますね」

十津川は、冷静に、いった。

「家内が、刺そうとしたんだよ！」

広瀬が、大声を出す。

鑑識が来て、写真を撮り始めた。

「拳銃についている指紋も、よく、調べて下さいよ。家内の指紋もついているんだ。私が、奪い取ったということも、よくわかる筈だ。最初に射とうとしたのは、家内の方なんだ」

広瀬が、まだ、いっている。

「だが、射ったのは、あくまでも、あんたなんだ」

亀井が、大声で、いった。

「正当防衛だ」

と、広瀬が、いう。

「北野を殺したのも、岡田さんを殺したのも、正当防衛だというつもりか？」

「そんな男なんか、私は、知らん！」

「北野は、君に傭われていた殺し屋だよ。岡田さんは、ひとりで、そのことを調べていたんだ」

十津川は、広瀬を見すえて、いった。

「北野は、見たこともない男だ。第一、殺し屋だなんて、何のことをいっているのか、わからないね」

「山根五郎も、中平夫婦も、知らないというのかね？」

「知らない」

「君の上得意だよ。毎月百万円の宝石を買ってくれるＶＩＰの名前を忘れるのは、どうかしているんじゃないのか」

十津川は、皮肉な眼つきをした。

「私は、今、動転しているんだ。小さいことに、答える余裕はない。とにかく、弁護士に、連絡させて欲しい」

「私が、電話しておきますよ」

十津川は、冷たく、いった。

他の刑事を呼び、彼等に、広瀬を、連行させたあと、十津川は、亀井と、部屋の中を、調べることにした。

可奈子が亡くなったら、広瀬が、妻の可奈子を射殺したことは、簡単に、証明できる。彼が、正当防衛を主張しようと、射って、可奈子を殺したことに間違いはないのだ。

十津川が、欲しいと思ったのは、広瀬が、宝石商を隠れ蓑(みの)にして、山陰の資産家から、殺しを請け負っていた証拠である。

他にも、知りたいことは、いくつかあった。

北野が、なぜ、殺し屋になったのか。

北野と、可奈子は、関係があったのか。

可奈子は、どんなことを考えていたのか。そうした疑問への答が、欲しかったのだ。

二人は、可奈子が、寝室に使っていた部屋に入った。

部屋のドアには、鍵がついていた。彼女は、いつも、カギをかけていたのだろうか？

小さな本棚には、彼女が、大学時代に才媛だったことを示すように、英語の原書も、何冊か、入っている。

机と、三面鏡の引出しを探してみる。可奈子の声を聞きたいという思いが、十津川にはあった。

可奈子は、裏帳簿の写しを、十津川に渡すときも、これで、どうして欲しいということは、いわなかった。

今は、無性に、彼女の声を聞きたくなっている。

彼女が、残したものが、何処かにある筈だった。十津川は、そう思い、亀井と、二人、必死で探した。

そして、見つけた。

机の引出しの奥に入っていたノートとテープだった。平凡な大学ノートだった。学生が、講義をメモするときに使うようなノートである。

牛革の、カギのかかる日記スタイルのものを想像していた十津川には、意外だったが、考えてみれば、このノートに書くと決めた可奈子には、それなりの気持があったのだろう。

自分の本当の気持を書きつけるには、彼女が、学生時代に使ったノートが、一番、ふさわしいと、考えたのではないか。

そのとき、十津川の携帯電話が、鳴った。

救急病院へ行っていた西本刑事からの連絡だった。

「今、広瀬可奈子の死亡が、確認されました。弾丸が、心臓と腹に命中しており、ショック死だったそうです」

と、西本は、いった。

「わかった」

と、十津川は、いった。

これで、殺人事件が、確認されたことになる。広瀬が、他の二つの殺人と、殺しを請け負っていたことが、証明されれば、間違いなく、死刑だろう。

可奈子の考えていた復讐が、実現することになる。

十津川は、捜査本部に戻ってから、大学ノートを広げた。

〈これから書くことは、全て事実で、何の脚色も加えてはいない。
それを、最初に書いておくのは、絵空事のように思われては、困るからだ。
北野敬が、私と親しくなってから、「僕は、実は、殺し屋だ」と、打ち明けたとき、私は、その言葉を、冗談だと、受け取った。冗談にしては、下手で、男が女にいうことではないと思った。私の頭の中で、殺し屋といえば、アメリカ映画に出てくる孤独の一匹狼みたいな男か、小説の中の人物というイメージしかなかったのだ。だから、眼の前にいる若い彼が、殺し屋だ、などといっても、冗談としか思えなかったのである――〉
可奈子の文章は、こんな書き出しで始まっていた。

第七章　遺　書

1

北野の顔は、真剣だった。いや、それ以上に、悲しげだった。

もし、あの時、北野が、ただ、真剣なだけだったら、私は、「殺し屋」などという話は、信用しなかったと思う。広瀬が、そんな恐ろしいことを仕事にしていることもである。

それを知ったことが、私にとって、果して、幸せであったのか、不幸だったのか、これを書いている今でも、私には、判断がつかない。状態としては、私は、彼を失い、今、広瀬を憎んでいるから、これ以上の不幸はないだろう。しかし、見て見ぬふりでの幸福などは、私には、我慢ができないことも、確かなのだ。

北野は、「人を殺したことがある」と、いった。それも、「ご主人に頼まれて、人を殺してきた」と、いった時、私は、理屈ぬきで、この人は、本当のことを、いっていると、思った。

それは、彼の悲しみの眼のせいだ。別に、泣いているわけでもなかったし、険しい表情の眼でもなかった。ただ、悲しいのだ。

その眼を見た時、私の方も、どうして良いかわからず、ただ、黙って、北野の顔を見つめてしまった。彼が嘘をついているのではないと思った瞬間に、私は、言葉を失ってしまった。怒っても、笑っても、涙しても、彼は、当惑してしまうと、思ったからだった。

私が、困って、黙っていると、彼は、急に、笑い出して、

「嘘ですよ。この世に、殺し屋なんている筈がないじゃありませんか」

と、いった。

ここで、私も一緒になって笑い出し、「そうね」と、合槌でも打っていれば、彼は、嘘だと、いい通したかも知れない。

だが、私は、笑えなかった。それは、彼が、嘘をいってないことが、わかっていたからだ。

その結果、彼は、いよいよ深い悲しみの表情になっていった。

あとになって、彼は、その時の気持を、こういった。

「あの時、僕は、もう三人の人間を、殺していた。殺す理由は、ただ金のため。とにかく、僕は、金が欲しかった。それに、自分が、どうなってもいい。そんな感じの生き方をしていたんだ。それに、殺される奴も、たいした人間には、見えなかった。だから、罪悪感は、あまりなかった。よく、殺した人間を夢に見るということがいわれるけど、僕は、殺した相手の顔を、夢に見たことはない。ただ、時々、怖い夢を見た。何か、正体のわからないものに、追いかけられる夢だった。眼をさますと、動悸が、激しくなっていた。一人目、二人目、三人目と、殺しを重ねていくにつれて、怖い夢を見る回数も、多くなっていった。捕まれば、死刑になることは覚悟していた。しかし、覚悟しているのと、恐

怖とは、別だ。覚悟していても、恐怖は、容赦なく、襲いかかってくるんだ。だから、誰かに、話したかった。しかし、こんな話、誰にでも話せるものじゃない。たいてい、笑われて終りだ。怖がるよりも、まず、信じてもらえない。当り前だよね。僕が、もし、普通の人間だったら、突然、私は殺し屋だなどという男の言葉は、絶対に信じないだろうからね。広瀬社長には、話しても仕方がない。彼が、殺しを、僕に、命じていた張本人だからだ。そして、なんとなく足が、社長の家に向いたとき、ちょうど外出する君に会った。その時、僕は、この人なら、全てを話せるのではないかと、感じたんだ。理屈ではなく、直感だった。もっといえば、この人以外に、自分のこと、三人もの人間を、金のために殺したことを、話せる人はいないと思った。ただ、どう話していいかわからなくて、いきなり、僕は、殺し屋だと、いってしまった。あの時、君が、笑うか、怖がったら、僕は、そのあと、君に、何も話さなかったと思う。だが、君は、黙って、じっと、僕を見つめていた」

この日は、彼は、笑って、帰ってしまった。

二日後、私の方から、彼に電話して、渋谷で、会った。

彼という男に、興味を持ったのだ。自分から、殺し屋だと、打ち明ける男は、いったい、何を考え、何を求めているのか、それを知りたかった。

その頃の私は、精神的に、荒れていた。文学的ないい方をすれば、愛に飢えていたというのだろうが、もっと、正直にいえば、愛というものを信じなくなっていたのだ。

夫の広瀬が、私と結婚したのは、政治家の大原に、恩を売ったのだとわかっていた。それ以上に、大原の孫のことでも、恩を売ったのを、知っている。彼は、それを最大限に利用して、金儲けしていることもわかっていた。何か、怖いことをやっていることは、うすうす、気付いていたが、私は、見ないようにしていた。広瀬は、私に、ぜいたくをさせてくれたから、愛とか、誠実ということは、期待しまいと、思っていたのだ。

そんな自分より、もっと、心の荒れた人間がいたのだということが、私にとって、驚きだった。また、それだけ、北野という男に、興味を持たされた。

私の方から、積極的に、彼に近づいていったのも、本当だ。

ただ、しばらくの間、私と彼は、ほとんど、何も喋らなかった。私も、彼の殺しについて、聞かなかったし、彼も、その後、喋らなかった。

おかしなデイトが、何回も続いた。私は、一番聞きたいことを押さえ、彼も、一番、私に聞いてもらいたいことを、押し隠して、散策したり、食事をしたり、酒を呑んだりしていたのだ。

彼は、やたらに優しかった。人間が、そんなにも、優しくなれるものかと思うほどだった。そして、彼は、同時に、野蛮だった。私に対してではなく、社会に対してである。彼は、自分の置かれた社会に対して、いつも、腹を立てていたみたいに見えた。

優しさと、野蛮さが、彼の中では、何の矛盾も見せずに、同居していたのだ。

ある夜のことだった。二人で、酒を呑み、少し酔って歩いている時、五、六人連れの男たちに出会った。向うも酔っていて、身体が、触れたみたいなことで、喧嘩になった。

彼は、私に、早く家に帰りなさいと、いっておいてから、男たちと喧嘩を始めたのだ。当然、人数の多い彼等の方が、優勢だった。私は、帰れといわれたが、殴られている彼を見て、その場から、立ち去ることが出来ず、近くの公衆電話ボックスに、飛び込んで、一一〇番しようとした。彼を、助けようと思ったのだ。

しかし、受話器を取ったとき、彼が、人殺しだったことを思い出した。警察に電話するのはまずいと思い、電話ボックスの中から、喧嘩を眺めた。

彼は、相変らず、殴られていた。だが、その中(うち)に、奇妙なことに、優勢な相手方の方が、怯え始めたのだ。

なぜ、彼等の方が、怯え始めたのか、私には、すぐわかった。眼の色が、違うのだ。北野は、本当に、人を殺している。それも、何人もの人間を。その男の眼と、酔って、殴っているだけの男たちでは、眼の色が、違う。

だから、勝っている彼等の方が、怖くなってしまったのだろう。彼等が、逃げ出した。

彼は、電柱にもたれて、それを見送っていたが、顔が、血だらけだった。

私が、抱きかかえ、病院に運ぶ代りに、近くのビジネスホテルに、連れて行った。

彼は、ひとりで、帰りなさいと、繰り返した。

私は、今日は、主人が旅行に行っているからと、いった。広瀬が、仕事で、旅行に出ているのは、本当だったが、たとえ、家にいても、私は、北野を、ホテルに連れて行って、ベッドに、寝かせただろう。それが、運命のような気がしたのだ。

その夜、私たちは、結ばれた。

2

広瀬との間は、もともと、愛などなかったから、北野と関係が出来たことに、何の後悔もなかった。

彼に対して、はっきりと、愛情を感じたわけではなかったが、運命的なものを感じたことは、間違いない。

そして、彼のことを、何もかも知りたくなった。特に知りたかったのは、彼の生い立ちだった。なぜ、人を殺すことになったのか、それを知りたかった。

彼は、少しずつ、ぽつり、ぽつりと、自分のことを、話してくれた。

自分の出生は、よくわからないと、彼は、いった。

物心ついた時、仙台の保護施設にいたという。そこの園長からは、両親が、一家心中を図り、あなただけが、救(たす)かって、この施設に連れて来られたのだと、教えられた。

「よく、似た話ね」

と、私は、いった。

同じような話を、夫の広瀬から聞かされていたからだった。広瀬の生い立ちだ。同じように、一家心中を図り、子供の自分だけが救かったという話だ。

だが、私は、広瀬の話を、信用していなかった。多分、自分に都合のいい生い立ちを創ったに違いない。広瀬は、いろいろと、過去を持っているようだから、都合のいい生い立ちを、作りあげたのだろう。

家族全員が死亡し、自分一人だけ生き残ったことにすれば、どんな脚色だって出来るから。

多分、東北の貧しい農村で、似たような心中事件が、いくつかあったのだと思う。

それを、広瀬は、自分の新しい生い立ちを作るのに、利用した。いまだに、死体の見つからない親子三人の心中事件である。

そんな作った自分の人生に、よく似た北野を、店員として雇った。広瀬は、特別の眼で、彼を見ていたのかもしれない。その特別な眼が、彼を、殺し屋に仕立てたのだろうか？

北野の場合は、親が、死んでいないことが、わかったのだという。

「母と思われる女性が、松島の綜合病院にいることが、わかったんだ」

と、彼は、いった。

「会いに行った？」

私が、聞くと、彼は、「ああ」と、肯いた。

「だが、完全な記憶喪失で、僕のことも、僕を生んだことも、覚えていなかった。名前は、松島文子。病院では、そう呼ばれていた。自分のことも、忘れてしまっていたから、松島の松島をとって、松島文子」

「あなたとは、名前が、違うのね」

「僕の名前だって、施設で、つけられたんだ。本当の名前は、わからない」

と、いった。

その時は、それだけしか、彼は、話さなかった。彼が、どうして、広瀬の下で、働くようになったか、話してくれたのは、四、五日してからだった。

「施設を出てから、東京に来て、何でもやった。刑務所に、放り込まれたこともあるよ。両親は、勝手に、僕一人を残して、死んでしまった。そんな思いが、僕を、自棄にしていたのかも知れないな。ヤクザと喧嘩をして、危うく、殺されかけたこともあるが、不思議に、怖いとは、思わなかった。そんな、でたらめな生活をしている時、母親が生きているらしいという話を聞いたんだ。僕は、会いに行った。松島の病院へね」

「そこで、松島文子さんに、会ったのね？」

「ああ。果して、あれが、会ったといえるかどうか。相手は、過去のことを、何も覚えていないんだからね」

「それで、母親に違いないと思ったの？　それとも、違うと、思ったの？」

「母親だと思った」

　と、彼は、いった。

「なぜ？　あなたに、似ていたの？」

「そう思いたかったんだ。園長は、僕に、この人が、君の母親だといった。その時、決心した。彼女を引き取ろうとね。だが、そのためには、金が、要る。大きな家も必要だし、専門の看護婦を、傭わなければならないし、母親だけを、診てくれる医者もいる」

「それで、どうしたの？」

　と、私は、きいた。本当は、それで、人を殺すことを、始めたの、と聞きたかったのだが、さすがに、その言葉は口に出来なかった。

「ほとんど、同じ時期に、広瀬社長と、知り合ったんだ。あの頃、会社も、苦しくて、社長は、金儲けのタネを、必死で、探していたんだ。そして、大金が手に入る仕事を、山陰へ行って、見つけて来たのさ。それが、殺しを請け負うことだった。もちろん、社長は、自分の手を汚す気なんかなかった。誰かに、やらせようと思っていたんだ。だが、人殺しなんて、やる人間なんかいやしない。そして、僕に、白羽の矢を立てたんだ」

「なぜ、あなたに？」

「僕が、金を欲しがっているのを知っていた。それに、僕が、無茶をやる人間だということも知っていた。もう一つ、僕が、酔っ払って、人を刺して、逃げているときに、拾われたこともある。いうことを聞かなければ、警察に引き出すと脅されたよ」

「ひどい人だわ」

私が、いうと、北野は、笑って、

「僕自身が、進んで、殺しを引き受けた面もあるんだ」

「そんないい方は、良くないわ」

「もう、三人殺してしまってるんだ。今更、どうでもいい。同じことだよ。僕は、捕まれば、間違いなく、死刑だ」

「私が、そんな目には、会わせないわ。本当に悪いのは、広瀬なんだから」

「ありがとう」

と、彼は、いった。

その後、彼は、一つ一つの殺人について、話してくれた。

もちろん、自慢して話すのではなく、自分の過去を、ざんげする調子だった。三人を殺したあと、彼の言葉を借りれば、「全てが、終った」

のだという。

「もう、僕には、人殺しをする気力もないし、必要な金も出来た」

と、彼は、いった。

「これから、どうする気なの？」

「僕が殺した三人の墓参りをしたいと思っている」

「それは、いいわ。でも、広瀬が許すかしら？　広瀬は、また、新しい殺しをやれと、命令しているんじゃないの？」

「ああ。同じ山陰で、新しい仕事を請け負ってきて、僕に、行って来いと、いっている」

「もう止めなさい」

と、私は、いった。彼は、素直に肯いて、

「今、いったように、僕には、もう、そんな気力はない」

「逃げなさい」

と、私は、いった。

「逃げる？　なぜ？」

「このまま、ジュエリー広瀬で働いていたら、あなたは、破滅するわ。広瀬は、大金が、手に入るなら、何人でも、人を殺せと、あなたに、命令するわ」

「だろうね。だが、もう、殺しはやらない。だが、逃げるのも嫌だ。逃げなければならないのは、僕より、社長だからね」

と、彼は、いった。

「広瀬は、そんなヤワな神経の男じゃないわ。あなたが、いうことを聞かないとわかれば、あなたを殺すわ」

私は、本当に、そう思っていた。北野が、いうことを聞かなくなれば、彼が、広瀬にとって危険な存在になってくる。いつ、警察に、わかってしまうか、知れないからだ。殺しを実行した北野も、重罪だが、それを命じた広瀬は、もっと重い罪に問われるだろう。

広瀬が、そんな危険を、黙って見ている筈がなかった。

それでも、北野は、楽観していた。それ以上に、私が心配したのは、彼が、死ぬことを、怖がっていないことだった。もっと、生きることに執着してくれないと、簡単に、広瀬に消されてしまうかも知れない。私は、それが怖かったのだ。

四月七日。彼が、会いたいと電話してきた。いつものように、渋谷で、落ち合うと、

「明日、山陰に行くことになった」

と、彼は、いった。

「広瀬が、新しい殺しを、命令したのね？」

と、私は、きいた。私の顔は、こわばっていたに、違いない。それなのに、彼は、微笑して、

「ああ、そうなんだ」

「それで、どうするつもりなの？」

「もちろん、もう殺しは、やらない。山陰へ行って、いつか、君にいったように、今までに殺した三人の墓参りをしてくる」

「それで、すむと思っているの？」

と、私は、きいた。

「実は昨日、竹宮麻美という女性が殺されたんだ。楠ひろみともいった。僕が殺したんじゃないが、僕のせいで、殺されたようなものだ。僕が、山陰で、人殺しをやらなかったら、彼女は、殺されずにすんでいたと思っている」

「私の知らない人ね」

「君が知らなくていいことだ」

「それから？」

「とにかく、墓参りをして、帰ってくるよ。それから、松島へ、行ってくる」

「それなら、東京に戻らず、山陰から、そのまま、松島へ行って、お母さんに会っていらっしゃい」

と、私は、いった。

「そんなに、心配しなさんな」

と、彼はいってから、

「僕も、君に聞きたいことがあるんだ」

「私と、広瀬のことね？」

「社長は、君と結婚することで、大原研一に、恩を売ったと聞いたことがある。本当なのか？」

と、彼がきいた。

「半分当たってるわ」

「あとの半分は？」

「そのくらいのことで、政治家は、恩を感じたりはしないわ。お金で、片がつくと思っているから。あの頃、大原の孫が、交通事故を起こしていたの。警察は、七十歳のお婆さんをはねて殺した犯人を探していた。大原が可愛がっていた高一の男の子だったの。その子が、バイクで、お婆さんをはねて死なせてしまった。それが、マスコミにわかってしまったら、大原は、道義的に、首相候補を、辞退しなければならないわ。その時広瀬が、身代わりの犯人を見つけて来たのよ」

「身代わりの犯人？」

「ええ。広瀬が、自慢そうに、私に話してくれたわ。自分は、暴力団に知り合いが多い。それで、金でどうにでもなるチンピラを見つけて、そいつが、少年のバイクを盗んで暴走し、老婆をはねたことにした。だから、大原が、首相になれたのは、おれのおかげだって」

「じゃあ、社長が、君と結婚したのは――」

「広瀬にいわせれば、おまけみたいなものだったって――」

「おまけか」

「だから、私の今の人生は、おまけみたいなもの」

と、私は、いった。自嘲したのだ。

「そんなことはない」

と、急に、北野は力を籠めて、私を抱いた。

「僕にとって、君は、必要なんだ。おまけの人生だなんて、いわないでくれ」

それだけ、いい残して、彼は翌八日、山陰へ出かけて行った。

3

しかし、北野が、山陰から、松島へ行く余裕を、広瀬は、与えなかった。

私は、彼のことが心配だったので、広瀬の動きを、見張っていた。彼のことを信用していれば、じっと、東京から、動かずにいるだろう。だが、信用していなければ、じっとしてはいないだろうと、思ったのだ。

広瀬は、この日の朝、いつもの通り、東新宿の店へ出て行ったが、昼頃、念のために、店に電話すると、広瀬は、店にいないという。夕方になっても、家には、帰って来なかった。

私の不安は、どんどん大きくなっていった。

広瀬は、怖い人なのだ。新しい殺しを、北野に命じたのだって、彼を信用していて、そうしたのではなく、罠だったのかも知れないと、私は、思った。山陰に行かせて、向うで、殺すつもりではないのかと、思ったのだ。

私のそんな不安は、的中してしまった。

翌九日の午後になって、城崎で、北野の死体が見つかったというニュースが、あったからである。

私は、とっさに、殺したのは、広瀬だと思った。彼以外に、犯人はいる筈がないのだ。やはり、北野を、山陰へ行かせて、向うで、殺そうと、最初から、計画していたに違いなかった。

もちろん、広瀬のことだから、ちゃんと、アリバイを作っていたに決っている。

私が、警察へ行って話しても、警察は、果して、私の話を信用してくれるかどうか、自信がなかった。

それに、北野が、殺し屋として、三人の人間を殺したことも、話さなければならない。それが、何よりも、辛くて、私は、結局、警察には、何の電話も、かけなかった。

だが、私が、何もしなくても、警察は、広瀬に眼をつけてきた。

北野が、ジュエリー広瀬の名刺を持っていたからだ。この名刺のことで、彼が、私に、いったことがある。

「これは、保険みたいなものさ。僕は、社長の命令で、山陰で、人殺しをやったが、社長を、全く、信用してないんだよ。あの人は、平気で、背中から射つからね」

「それは、よくわかってるわ」

私が、いうと、北野は、嬉しそうに、笑って、

「だから、保険がわりに、ジュエリー広瀬の社員の名刺を持って、使っているんだ。もし、僕が、殺されるようなことがあれば、当然、警察の眼は、うちの会社と、社長に向けられる」

「そのくらいで、広瀬は、怯える男じゃないわ。あなたを殺すと決めたら、殺すわよ」

私は、彼が、呑気に、構えているので、脅すように、いって、やった。それでも、彼は、笑って、

「君が、心配してくれるのは、嬉しいよ。僕にも、そういう人がいると思うと、勇気が、わいてくる」

「それなら、山陰へは、行かないで、逃げるか、松島へ行きなさい。そうして下さい」

と、私は、いった。

「大丈夫だ。社長だって、それほど、バカじゃなし」

と、彼は、いった。

だが、広瀬は、それほどバカだったのだ。いや、名刺なんか、何とでも、誤魔化せると、思ったのだろう。安全の保険にはならなかったのだ。

それでも、警察は、調べに、やってきた。

私は、期待した。広瀬が、殺人罪で逮捕され、死刑になれば、私は、祝杯をあげてやる。万歳を叫んでやる。

しかし、いくら待っても、広瀬は、逮捕されなかった。警察は、広瀬に疑惑の眼を向けはしたが、逮捕するだけの証拠は、見つからないのだろうと、思った。

私は、決心した。この手で、北野の仇を討ってやろうと。

犯人は、わかっている。広瀬が、自分の身が可愛いので、彼の口を封じたのだ。だが、彼が犯人だという証拠をつかむのは、難しいだろう。警察も、だから、広瀬を逮捕できないのだ。

それなら、私が、その証拠をつかんでやろうと、思う。本当の悪人は広瀬なのだ。

アリバイは、いくらでもあるに違いない。彼のために、偽証する人間は、いくらでもいるに、決っている。例えば、副社長の菊地だ。広瀬より二歳年上で、行商みたいなことをしていた時からの戦友だと、いっていたことがある。菊地は、広瀬が、何をしているかも、当然、知っている筈で、自分から、彼のアリバイを証言するに、決っている。

他にも、会社には、広瀬が、恩を売った社員が、二、三人いる。恩を売ったというのが、正しくなければ、ワルを承知で、採用したというのか、弱みを握られているか、広瀬のいうなりに、嘘のアリバイ証言でも平気でする人間たちだ。

ただ、菊地を除いて、いつ、広瀬を裏切るかも知れないといった不安定さがある。広瀬だって、それを知っているから、菊地以外の人間には、めったに、自分の胸のうちを、開かないようにしているのは、私にも、わかっていた。

そう、広瀬は、私だって、信用していない。会社の秘密だって、私には、打ち明けなかった。北野のことだって、彼の方から、私に接近して来なかったら、私は、何も知ることはなかった筈である。

広瀬は、まさか、北野が、私に接近するなどとは、考えてもいなかったのだろうと思う。北野を知っていると警察にいってから、広瀬は、疑いの眼で、私を見るようになった。北野が、私に何を喋ったか、それが、不安なのだ。といって、私を離縁したら、何もかも喋ってしまうのではないかという不安もあって、それも、出来ずにいるのが、わかる。

一番、彼が安心するのは、私が、死んでしまうことに違いない。そう思うと、私も、いつか、北野と同じように、広瀬に消されてしまうのではないかという気がする。ただ、私を殺すのは、そう簡単ではないだろう。私が死ねば、まず、第一に疑われるのは、夫の広瀬だからだ。

刑事が来て、北野のことを聞いた。彼がいっていた保険が、有効に働いたのだ。ただ、それにも拘らず、彼は、殺されてしまったが。

広瀬は、ニセ社員だといったらしい。だから、私は、刑事に、うちの社員で、遊びに来たこともあると、いってやった。

ただ、彼が殺し屋だったことは、いわなかった。それを口にするのは、彼の死を更に傷つけるような気分で、嫌だったし、広瀬が命令していたという証拠は、見つからないだろうと思ったからだ。

岡田という人が、突然、訪ねてきたことがある。

最初、刑事だと思った。そんな匂いがしていたからだが、話しているうちに、違うことがわかった。退職して、今は、警備員をやっているという。

城崎へ旅行したとき、北野と一緒になったと、岡田は、いった。

「明るくて、感じのいい青年だった」と、岡田は、いった。他人の眼には、そう見えたのかと、私は、危うく、涙が出そうになった。

人殺しは、必ず、暗い邪悪な眼をしているという言葉や、無実なら、眼が、澄んでいるといった言葉は、私は、信用しない。北野の眼は、時には、悲しげではあったが、邪悪などというものとは、程遠かった。私と話している時、明るく輝やいていたからだ。一人も殺してなくても、根っからの悪人もいるし、北野のように、三人も殺していても、その心が、汚れていない場合だってあると、私は、思っている。

岡田は、「彼は、いいやつだが、私は、その彼が、殺しをやっていたと思っているんです」と、いった。

私は、そんな筈はないとも、その通りだとも、いえなかった。だから、「どうしてでしょう?」と、きいた。

「北野君は、拓本を取りに、山陰へ来ているようでした。確かに、拓本の道具を持っていたし、文学碑などを見るのは、好きだったようですが、彼の足取りを追っていくと、必ず、殺人事件にぶつかってしまうのです。去年も、その前もです。その事件も、全部、よく似ているのです。その土地の資産家が、死んでいて、その人間は、女のために、北野君から、宝石を買うことになっていたのです。だから、北野君は、買って貰えなかったということで、動機がなかった。ただ、私が調べた三件の殺人事件は、全て、同じなのですよ。そんな偶然などあるわけがないのです。と、いって、私には、どうしても、彼が、人殺しとは、思えない。ほんの僅かな時間だけど、彼と話をした。その時の感触を思い出すとね。だが、彼と一緒に、殺人事件が、起きている。彼が、城崎で殺されてしまったのも、そのためだと思っているのですよ。あなたは、何か知りませんか？」

と、岡田は、いった。私は、嬉しかった。嬉しかったから、私の知っていることを、全て、話してしまおうかと思った。北野が、私に告白してくれたことの全てをである。

だが、出来なかった。私の証言で、広瀬が、逮捕されるのならいい。私が、法廷に立ってもいい。でも、駄目だと思った。広瀬が、北野のやっていたことは、全く知らないと主張すれば、それまでなのだ。それでは、ただ、北野が殺人鬼ということになってしまう。それは、耐えられなかった。

「これから、どうなさるんですか？」

と、だけ、私は、きいた。

「また、山陰へ行って来るつもりです。私はね、北野君が人殺しをしていても、彼が、自分のために、やったとは、思っていません。それなら、彼自身が、殺されることもなかったと思っているんですよ。必ず、主犯がいる筈で、そいつが、北野君を殺したに決っています。それを見つけて、刑務所に放り込んでやりますよ」

「でも、証拠が、見つかるでしょうか？　警察だって、難しいんじゃないんですか？」

私がきくと、岡田は、笑って、

「私は、もう刑事じゃありません。だから、刑事に出来ないことも出来るんです」

「どんなことでしょう？」

「刑事は、パブリックサーバントで、法律に縛られている。公務員法という法律ですよ。それに、捜査の方法でも、盗聴はいけないとか、拷問はいけないとか、いろいろなカセがあるんです。だが、幸い、私は、私人でね。そんなカセは、はめられていないし、自分の責任で、何でも出来ます。必要なら、脅迫もね」

「具体的に、どうするんですか？」

と、私は、更にきいた。広瀬の罪を明らかにするのに、何か、参考になればと、思ったからだ。

岡田は、しばらく、考えていた。何を考えていたのかはわからない。

「北野君が関係した殺人事件は、三つですが、それで、トクをした人間が、必ずいる。その人間が、主犯を知っている筈なのです。だから、そいつを追い廻してやろうと、思っているんです。必要なら、盗聴だってやるし、脅迫だって、やる。とにかく、そいつを脅していけば、そいつは、必ず怯えて、何とかしてくれと、主犯に連絡すると、私は、思っているんですよ」

と、岡田は、いった。

私は、彼の言葉を、嚙みしめた。そうだ。私だって、刑事じゃないから、法律にしばられない筈だ。広瀬を脅すのは難しいが、盗聴ぐらいは、出来るだろう。

だから、翌日、秋葉原の電気店街へ出かけていって、一番、小さくて、性能のいいテープレコーダーを二つ買ってきた。人の声に反応して、録音し、人の声が止むと、停止するものだ。その一つを、東新宿の会社に遊びに行ったとき、社長室に仕掛け、もう一つを自宅の彼の書斎に仕掛けておいた。

そして、なるべく、私は、外出することにした。広瀬を、油断させるためだが、彼の方も、外出するのに、邪魔はしなかった。それどころか、積極的に、行かせようとした。何かを買いたいといえば、無条件で、お金を出してくれた。私は、おかしくなった。広瀬も、私を怖がっていると、思ったからだ。

私が、何かを知っていると思い、私のご機嫌を損じると、まずいと思っているのだ。特に、北野のことで。

もちろん、その怯えが、もっと、強くなれば、多分、広瀬は、私を殺すだろう。それまでに、何とか、広瀬が、北野に命じて、人殺しをやらせた証拠をつかみたかった。

警察は、明らかに、広瀬を疑っている。だが、証拠をつかめずにいる。何しろ、警察は、法律に縛られているから。

その点、あの岡田という男なら、何とか出来るかも知れない。何しろ、自分で、法律に縛られないで、何でも出来ると、私に、いっていたからだ。

だが、その岡田が、殺されてしまった。それも、沖縄で殺されてしまったのだ。その時、広瀬は、家にも、会社にもいなかったから、彼が、殺したに違いない。だが、今度も、警察は、広瀬を捕えられずにいる。証拠がつかめないのだろう。

私は、岡田が、殺される前、広瀬が電話した相手と、その話の内容を、調べてみることにした。仕掛けた二つのテープレコーダーを取り戻し、それを聞いてみた。

純粋に、商売の電話もあったが、それを、関係した電話も記録されていた。それを、岡田に、書きつけておく。

「私だ。え？　山根？　ああ、山根さんね。何の用です？　電話を、お互いにしない約束でしたよ。全ては、その時点で、終っている筈です」

——岡田という男を知っているか？

「岡田？　誰です？」

——元、捜査一課の刑事だよ。私のことを、調べ廻っている。それだけじゃない。昨日、私のところに、会いに来た。そして、私が、殺人をジュエリー広瀬に依頼したと、決めつけたんだよ。

「そんなのは、当てずっぽうにいっているだけですよ。平気でいて下さい」

——それが出来るなら、君に電話なんかしないよ。奴は、ここへやって来ただけじゃない。私にべったりと、くっついて、離れないんだ。私のことを尾行する。私の食事する店に、やって来て、じっと見張っている。あの調子だと、私の電話だって、盗聴される。そうかといって、警察に、訴えて、岡田を逮捕してもらうわけにはいかないじゃないか。そのためには、事件のことを、話さなければならないんだ。君は、引き受けるとき、絶対、安全だと、保証したんじゃないのか？

「その岡田みたいな男がでてくるとは、思っていませんでしたので」

——何とかしてくれ。そのために、高い金を払ってるんだ。

「わかりました。何とか考えましょう。明日、同じ時間に電話して下さい」

4

「広瀬です」

——私だ。何か、岡田を、退散させる方法を、考えたか？

「明日、沖縄へ行って下さい」

——沖縄？

「そうです。沖縄です。あなたが、動けば、岡田も、必ず、尾行して行きます」

——それから、どうしたらいいんだ？

「沖縄本島の近くに、伊江島があります。知っていますか？」

——名前は知っているが、行ったことはない。

「本島の本部から、船が出ているから、それに乗って下さい。島に着いたら、ホテルに泊る」

——その後は？

「夕方になったら、海岸へ出て、一時間ばかり散歩して、ホテルに戻って下さい。島の西側の海岸です」

——それだけか？

「そうです。それだけです。それ以外のことはしないで下さい。いいですか。一時間の散歩ですよ」

——わかった。

「そのあと、伊江島に、二泊ぐらいして、帰って下さい」

——それで、私の心配は解決するんだな？

「大丈夫です。沖縄から帰ったら、安心して寝て下さい」


それから、一週間後の電話も、録音されていた。相手の声まで入っているのは、広瀬が、他の仕事をしながら、電話の応対をするため、スピーカーを、使っているからなのだ。

「広瀬です」

――報酬五百万を、振り込んだ。宝石代金としてね。

「ありがとうございます」

――岡田が死んだことで、私が、捕まることはないんだろうね？

「岡田は、あなたが、ホテルに戻ったあとで、殺されています。アリバイは、完璧です。それでなければ、成功報酬は、頂きません」

広瀬と、副社長の菊地との会話も、録音されていた。

社長室での会話である。広瀬が、沖縄から帰った直後のものだった。

「社長。お帰りなさい。ご苦労さまでした」

「何とか、うまくいった。岡田みたいな妙な人間が、現れると、余分な仕事までしなければならなくなる。次は、君に、やってもらう。竹宮麻美の場合と同じにだ」

「わかりました。ただ、私は、社長のように、機転が利かないので、うまく出来るかどうか」

「要は、勇気だよ。ところで、問題は、北野の後釜だが」

「これは、見つけるのが、大変です。ただ、単に、金のために人殺しをする人間なら、見つけられると、思うのですが、そういう人間は、また、金で、裏切りますから」

「そうだな。お喋りも困る。私に忠実な殺し屋でなければ、使えないんだ」

「ですから、もう少し、慎重に、探したいと思っています。北野のように、頭が良くて、決断力があって、しかも、社長に忠実な男でなければいけませんから」

「その北野でも、最後には、私を、裏切ろうとした」

「そうですね。ですから、北野以上の人間を、私も欲しいと思っています」

「私は――」

ここで、急に、会話が切れているのは、誰かが、社長室のドアをノックしたからだろうか。

これらのテープで、広瀬の犯行も、北野を殺し屋として、使っていたことも、証明できるだろうと、私は、単純に考えた。電話で、広瀬自身が、殺人を自白しているし、北野のことも喋っているのだ。これを、警察に提供すれば、間違いなく、広瀬を刑務所に送れるだろうと、思った。

だが、知り合いの弁護士に、譬え話として、意見を聞くと、これは、状況証拠にはなるが、決定的な証拠にはならないと、いわれた。

テープは、法廷では、証拠能力がないと、いう。

考えてみれば、その通りかも知れなかった。テープは、いくらでも、細工が出来るものだからだ。

私は、どうしたらいいのだろうか。テープは、状況証拠にはなっても、それ以上の力にはならないとしたら、どうすれば、北野の仇を討てるのだろうか。

ナイフを買って来て、広瀬を刺すことも考えた。だが、刺し殺せたとしても、単なる夫婦ゲンカの果ての刃傷沙汰（にんじょうざた）と、思われてしまうだろう。

私は、死んでもいい。もともと、死んだような生活を、送って来たのだ。他人眼（はため）には、ぜいたくで、気楽な生活をしているように見えただろうが、精神的な充実感は、なかった。

それが、北野を知って、精神的に満たされるようになった。平穏な愛ではなかった。彼が、いつ、警察に逮捕されるか、いつ、広瀬に殺されるかという、刹那的な愛だったけど、それだけに、余計、真剣だったともいえる。

その愛も、あっけなく、消えてしまった。もう一度、誰かを愛したいという気力もないし、心の余裕もない。

だから、死ぬのは、怖くない。

ただ、彼の仇は、討って、死にたいと思った。

それで、一つの計画を立てた。テープは、隠しておき、広瀬を、追いつめることを、考えたのだ。

広瀬を、狼狽させ、怯えさせたいと思った。

私は、平凡な、どこにでも売っている便箋を買ってくると、筆跡がわからないように、定規を使って、文章を書いた。脅迫文だ。

〈広瀬よ。

お前のやったことは、全て、わかっているんだ。

お前は、北野という青年を使って、山陰で、三件の殺しをやらせ、依頼人から、成功報酬として、大金を手に入れた。

その揚句、北野を、口を封じるために、城崎で、殺してしまった。
お前は、四人の人間を殺したのだ。すぐ、警察に自首するのだ。

K・K〉

それを、これも、白い、ありふれた封筒に入れ、宛名も、定規で書き、中央郵便局まで行って、投函した。速達にして、「親展」とも、書いた。

その脅迫状が届いた日、広瀬は、明らかに、狼狽し、不安気な顔になった。

多分、この脅迫状を、誰が、送って寄越したか、それを、考えているのだろう。

会社に出ても、やたらに、店員を、怒鳴りつけていたらしい。

まずは、成功だと、思い、私は、二通目の脅迫状を書いた。

〈広瀬よ。
お前は、岡田という、元刑事も、殺したな。
山根という男から頼まれたことも、わかっているのだ。
折角、北野に殺しをやらせ、依頼主から、大金をせしめたのに、彼がいなくなって、自分で、岡田を殺さなければならなくなって、お気の毒だ。だが、もともと、お前が、まいたタネなのだ。岡田を殺したときも、お前は、ちゃんと、成功報酬を受け取っている。本当の悪党だ。
だが、お前の悪運もこれまでだ。すぐ、自首するんだ。それが、せめてものお前の償いというものだ。

K・K〉

私は、次々に、脅迫状を、送りつけた。私は、それを書くのが、楽しかった。まるで、死んだ北野の冥福を祈るような気持で、書いた。


〈広瀬よ。

まだ、自首しないのか。

そんなことをしていると、お前は、誰かに殺されるぞ。

お前が、北野に命じて、三人の人間を殺したことも、その北野をも殺し、また、岡田という元刑事を殺したことも、みんな知っているんだ。

殺された家族が、お前を恨んで、きっと、殺しに来るぞ。よく、まわりを見るがいい。寝る時も、眼を開けて、寝ることだ。いつ、ナイフが飛んでくるか、弾丸が飛んで来るか、わからないからな。

こうして、お前に、この手紙を書いているおれも、お前を狙っている一人だということを、付け加えておく。

K・K〉

〈広瀬よ。

副社長の菊地にも、注意した方が、いいぞ。彼は、お前が、利益を独り占めにしていることで、腹を立てている。

その中に、北野のような優秀な殺し屋を見つけて、お前を、殺させるぞ。そして、ジュエリー広瀬を、乗っ取る気だ。

それが、わからないお前は、本当のバカだ。

K・K〉

〈広瀬よ。

まだ、生きていたな。よく、生きていたと、賞めてやろう。だが、あと生きられても、せいぜい、二週間だろう。菊地は、お前には、まだ、北野の後釜が見つからないと、いっているが、本当は、もう見つけているんだ。それを、なぜ、お前に黙っているか、考えてみるんだ。

お前を、そいつに殺させて、会社を、自分のものにするため以外に、考えられるか。

もう、菊地は、そいつに、お前を殺す命令を出しているかも知れないな。

それも、絶対に、殺しとわからないように、やるだろう。

北野が、巧妙に、やったように、事故死か、自殺に見せかけて、お前を殺すぞ。

だから、高いビルの屋上には、あがらないことだ。自殺に見せかけて、突き落されるからな。川岸も、歩かないことだ。特に、酔っ払ったときは、川には、近づかないようにしろ。酔っ払って、川に転落して、溺死ということも、考えられるからな。

ビルの傍を歩く時も、上に注意するんだ。上から、何か落ちて来て、死ぬということも、あり得るからだ。

このおれも、たまたま、ビルの屋上にいて、下をお前が通るのを見たら、植木鉢でも落してやりたい気になるだろう。一番いいのは、部屋に閉じ籠って、じっとしていることだ。死んだように、じっとしていることだ。

K・K〉

私は、脅迫状を送りつけるだけでは、あき足らなくなってきた。

もっと、広瀬を怖がらせてやれ、怯えさせてやれと、感情が、エスカレートしてくるのだ。

そこで、花火を買って来て、簡単な爆弾を作ることにした。

封書に仕かけて、封を開けると、爆発するやつだ。もちろん、広瀬を殺すのが、目的ではなかったし、そんな強力な爆弾を作れるわけでもなかった。

ただ、広瀬を、怯えさせたかったのだ。

夜、書斎で、作った私さえ驚くほど、大きな爆発音がした。

私は、広瀬が、どんな顔をしているか見たくて、二階の書斎に駈けあがり、ドアを叩いた。

「どうしたんですか？　大丈夫ですか？」

と、私が、きくと、中から、広瀬が、

「大丈夫だ！」

と、怒鳴った。

「本当に、大丈夫ですか？」

「大丈夫だ！　入ってくるな！」

と、広瀬は、叫んだ。

翌朝、顔を合わせると、広瀬は、右手に、包帯をしていた。

「どうなさったんですか？　その手」

と、私は、わざと、きいてやった。

「何でもない。ガラスで切ったんだ」

「見せて下さいな。心配だから」

「こんなものは、すぐ治る！」

また、怒鳴るようにいい、会社へ、出かけて行った。

私は、さっそく、次の手紙を書いた。

〈手紙爆弾には、びっくりしたか？

それは、まだ、自首しようとしないお前に対する警告だ。

次は、本当に、ドカンと行くぞ。

K・K〉

だが、この辺りから、広瀬は、私が、犯人ではないかと、思い始めたらしい。

それは、私も、覚悟していたことだった。手紙の主が、いろいろと、広瀬の秘密を知っていれば、身近にいる人間を、疑うのが、当然なのだ。

私が、外出して、帰宅すると、三面鏡の、引出しが、開けられていた。その引出しには、カギがついていて、私は、カギをして、外出したのだが、こじ開けられていたのだ。

私は、その引出しに、脅迫に使った封筒と、便箋、それに、切手を入れておいたのだが、封筒が、一枚なくなり、便箋も、破かれた形跡があった。明らかに、それを、今までの脅迫状と、比べてみているのだ。

私は、次の日、大金を持って外出し、一丁の拳銃を手に入れた。今は、金さえ出せば、簡単に、拳銃が手に入るのだ。

私は、それで、広瀬を殺す気はなかった。そんなことをしたら、私も、広瀬と同じ人間になってしまう。

だから、この拳銃を、広瀬に奪わせ、私を、射たせるつもりだった。広瀬には、死刑になるか、終身刑になるか、ともかく、苦痛を味わわせてやりたかった。

死刑でも、その刑が、実行されるまで、毎日、恐怖にさいなまれると、聞いたことがある。その恐怖を、広瀬に、味わわせてやりたいのだ。

そして、私は、最後になるだろう手紙を、出した。

〈間もなく、お前は、死ぬのだ。

誰が、お前を殺すか、教えてやろう。一番、お前の身近にいる人間だ。

お前は、身近な人間に、裏切られて、死ぬのだ。

それが、お前にふさわしい死に方だ。

K・K〉

それを、中央郵便局で、投函したあと、私は、家に帰り、このノートとテープを、隠すことにする。そして、手紙が届いたと思われる日に、拳銃を持って、広瀬の部屋に行くつもりだ。彼を殺すためではなく、彼に殺されるために。私が、死んだあと、このノートと、テープが、警察に見つかるように、祈って、終りにする。

十津川は、長いノートを、読み終った。

彼は、取調室で、そのノートと、テープを、広瀬に、突きつけた。

広瀬は、薄笑いして、

「そんなものは、何の証拠にもならないよ。家内は、ヤキモチ焼きでね。私が、他の女と、よろしくやっているのに腹を立てて、あることないこと書いてるんだ。テープだって、家内の細工だよ」

「しかし、君は、奥さんを、殺している。拳銃で」

「ああ。殺した。それは、認めるが、正当防衛だ。拳銃は、家内が買ったものだ」

「なるほどな。奥さんの不利な証言は、裁判では、採用されないか？」

「その通りだよ。拳銃を、夫の私に向けるなんて、精神的に、おかしくなっていたんだ。そんな女が書いたノートも、彼女が作ったテープも、何の証拠にもならないよ」

「しかし、このテープや、ノートを、山根という男に、見せたり、聞かせたりしたら、どうなるかな？」

十津川が、いうと、広瀬の顔色が、変った。

「実は、このテープをダビングしたものと、ノートのコピーは、向うの県警に送って、山根五郎に当ってもらうことになっているんだ。山根だって、自分の身が、可愛いから、君一人が、悪党だと主張するんじゃないかな。もし、そうなると、これは、奥さんの証言じゃないから、法廷でも効力を持つことになるよ」

「――」

広瀬は、黙ってしまった。

山根五郎は、弱かった。岡田に、つけ廻されただけで、音をあげたような男だから、広瀬可奈子のノートと、テープを突きつけられて、ふるえあがってしまったのだ。

刑事にきかれると、広瀬に、金を払って、人殺しを頼んだことも、あっさり認めてしまった。ただ、自分から、積極的に、依頼したのではなく、広瀬に、半ば、強制的に、殺しを契約させられてしまったのだと、弁解してはいたが。

広瀬は、起訴された。多分、死刑になるだろう。

「可奈子が、願った通りに、なりそうですね」

と、亀井が、十津川に、いった。

「そうだな。彼女は、北野の仇を討ったんだ。おかげで、竹宮麻美殺しの犯人もわかった」

「それにしても、北野敬というのは、どういう青年だったんですかね？　表面的には、三人の人間を、金のために殺した悪党ですよ。それなのに、岡田さんは、明るくて、感じのいい青年だったというし、可奈子は、本気で、惚れていたんでしょう。わけがわかりませんね」

「それだけ、魅力的な青年だったんだろう」

と、十津川は、いった。

「一度、生きている中に、会ってみたかったですね。どんな青年なのか、自分の眼で、確かめたかったです」

亀井は、本気で、そういった。

この作品はフィクションであり、作中に登場する人物、
団体、場所等は実在のものと関係ありません。

本書は一九九八年十一月に刊行されたC★NOVELS
『城崎にて、殺人』の新装・改版です。

ご感想・ご意見は
下記中央公論新社住所、または
e-mail：cnovels@chuko.co.jpまで
お送りください。

C★NOVELS

城崎にて、殺人
──新装版

1998年11月25日　初版発行
2022年 1 月25日　改版発行

著　者　西村京太郎
発行者　松 田 陽 三
発行所　中央公論新社
〒100-8152　東京都千代田区大手町1-7-1
電話　販売 03-5299-1730　編集 03-5299-1930
URL http://www.chuko.co.jp/

DTP　ハンズ・ミケ
印　刷　三晃印刷（本文）
大熊整美堂（カバー・表紙）
製　本　小泉製本

Published by CHUOKORON-SHINSHA, INC.
Printed in Japan　ISBN978-4-12-501446-3 C0293

定価はカバーに表示してあります。落丁本・乱丁本はお手数ですが小社販売部宛お送り下さい。送料小社負担にてお取り替えいたします。

C★NOVELS新装版　＊大きな文字で読みやすい＊

十津川警部「狂気」　新装版

西村京太郎

東京の超高層マンションとテレビ塔に女性の全裸死体が吊された⁉　30年前には兵庫の余部鉄橋でも若い女性が犠牲になっていた。「狂気」は受け継がれたのか？　十津川は犯人の心の闇に迫る。

愛と殺意の津軽三味線　新装版

西村京太郎

都内で4件の連続殺人事件が発生。犯行時現場からは津軽三味線の調べが聞こえたが、被害者に共通点が見つからず捜査は難航する。十津川は津軽三味線を唯一の手掛かりに、津軽へ向かう。